Hier komm' ich
Bahnfahren & andere Zerreißproben
Ralf Hatoum

AF215504

Für all die, die Gleiches erleiden, erdulden und genießen durften, dürfen und dürfen werden.

Hier komm' ich
Bahnfahren & andere Zerreißproben
Ralf Hatoum

Die Deutsche Nationalbibliothek verzeichnet diese Publikation in der Deutschen Nationalbibliografie; detaillierte bibliografische Daten sind im Internet über http://dnb.dnb.de abrufbar.

© 2017 Ralf Hatoum
www.ralfhatoum.de
Illustration: Christiane Fuchte
Umschlaggestaltung: Jakob Mund
weitere Mitwirkende: Nele Hatoum

© 2017
Herstellung und Verlag: BoD – Books on Demand, Norderstedt

ISBN: 978-3-7460-1115-8

Inhalt

Erklärendes Vorwort mit Dank

———————//———————

Warum ich soviel beim Bahnfahren erlebe, während andere kaum etwas erleben, liegt wohl daran, dass ich nach 16 Jahren des Pendelns mit dem Auto einfach verzweifelt hungrig auf Soziales war und somit meine Sinne mehr als geschärft jede nur erdenkliche zwischenmenschliche Regung im öffentlichen Raum wahrnahmen und verarbeiteten.

Autofahren ist an sich schon ein Spaß, aber nicht in der Zeit, zu der wir leben, die gespickt ist mit Baustellen, Verkehrsstaus und Ampelphasen, die zum Quälen erdacht wurden gleich den Todeslabels und Ekelphotos auf Zigarettenschachteln. Und dann all die aggressiven Autofahrer hier im Osten. Mir war das Pendeln mit dem Auto einfach eine unsägliche Last geworden, mal abgesehen davon, dass ich sowieso niemals pendeln wollte, sodass ich schwor, dass sobald mein Arbeitsweg in halbwegs adäquater Zeit und Qualität mit den öffentlichen Verkehrsmitteln erledigt werden könnte, ich es auch sofort in Anspruch nehmen würde. Und vor zweieinhalb Jahren war es dann soweit. Die S-Bahn-Linie zwischen Halle an der Saale, wo ich meinen Wohnsitz zu haben pflege, und Leipzig Hauptbahnhof, in dessen fußläufiger Nähe ich arbeite, war plötzlich entsprechend machbar, was sich auch äußerst gut mit dem Umstand traf, dass mein Auto ein unerpressbares Sparschwein war, in das ich häufig genötigt war Geld hineinzustecken, das jedoch außer Gefräßigkeit nichts weiter für mich zu bieten hatte, sodass der gewünschte Spareffekt leider nie eintrat. Eine Milchmädchenrechnung. Aber dazu später im Buch ein Beispiel.

Die Freude über die neugewonnene Freiheit und meine aus der Isolationshaft des Autopendlers wiedererweckte Schnatterwut stürzten sich auf alles, was mir vor die Füße geworfen wurde. Blicke, Anmerkungen, Gesten, Gespräche, Angewohnheiten. All das was man an sich nicht sieht, aber erkennt, sobald einem durch andere der Spiegel vorgehalten wird.

Alles was in diesem Buch geschrieben steht, dies sei hier erwähnt, falls meine literarisch rhetorischen Fähigkeiten womöglich nicht entsprechend geschult sind, es ohne Anmerkung richtig wirken zu lassen, versteht sich mit einem selbstkritischen Ton.

Diese einleitenden Worte sollen bereits verdeutlichen, dass es sich bei den in diesem Buch dargelegten Ereignissen keinesfalls um Fiktion handelt. Es sind alles wahre Begebenheiten des Pendelns mit der S-Bahn innerhalb der letzten zweieinhalb Jahre. Dass ich all diese Stories in einem Büchlein sammelte, war nicht meine Idee, wenn auch der Vorschlag von verschiedenen Seiten gern und ohne Zögern von mir aufgegriffen und schnurstracks in die Tat umgesetzt wurde, denn die erlebten Stories beschrieb ich anfangs in meinem Blog und später die S-Bahn-Pendeleien auf meiner privaten Facebookseite. Alles was ich dort gepostet hatte, war was ich auch während meiner Pendelfahrt noch schreiben konnte. Alles was ich nicht fertig schreiben konnte bevor ich ankam, habe ich aus Stolz auch nicht mehr gepostet, sondern aufgehoben. So kam mir die Idee, alles erlebte in einem Bändchen zusammenzufassen gelegen und gab mir auch gleich Anlass, weitere Geschichten von abseits der Gleise zum Veröffentlichen einzuschließen, um dem Büchlein noch die nötige Abwechslung und Fülle zu verleihen. Schließlich kam auch noch die Idee auf, dass man die Stories mit Illustrationen anreichern könnte und so fragte ich Christane Fuchte – die Lebensgefährtin meines ehemaligen Bassisten, die ein entsprechendes Talent hat – ob sie sich denn dazu bereit erklären und so etwas umsetzen könnte. Und da sind wir nun.

Und da ich Kapitel sparen möchte, danke ich an dieser Stelle auch gleich all denen, die mir auf Facebook und in meinem Blog ihr Gefallen bekundeten und mich damit indirekt darin bekräftigten – die werden sich beim nächsten Like, das sie einem Beitrag geben wollen, zweimal überlegen was sie da tun – und ganz speziell meiner Frau Nele, die mich immer in allem unterstützt und speziell bei diesem Projekt auch noch außerordentliches leistete, indem sie meine kryptischen Verstümmelungen der deutschen Sprache und des deutschen Satzbaus über all die Seiten in schweiß- und tränenreichen Stunden redigierte. Natürlich danke ich Christiane Fuchte, die mich aus der Ferne mit den Zeichnungen versorgte und meine Drängeleien geduldig ertrug genauso wie meinem Kollegen Jakob Mund, der seine wertvolle Zeit und kreative Energie für die Covergestaltung spendete und ähnlich viel Geduld mit mir hatte wie Christiane und meine aufopferungsvolle und unter mir leidende Frau Nele.

Bahnfahren

—————— // ——————

Profieinsteiger

Zum Bahnfahren gehört mehr, als sich zum Bahnhof zu begeben und dort den gewünschten Zug zu besteigen, um anschließend wieder auszusteigen. Der wahre Bahnfahrer entwickelt aufgrund von täglichen Erfahrungen und Beobachtungen ein umfangreiches Portfolio an Taktiken und Strategien, um eine bestmögliche » Experience « zu haben. Manche sind so planvoll und professionell, dass sie sogar Teamwork in Betracht ziehen.

Als ich auf den Bahnsteig komme, stehen nahezu alle wartenden Fahrgäste mir zugewandt. Hintereinander aufgereiht wie die Zinnsoldaten. Alle scheinen mich anzusehen. Anzustarren. Ich fühle mich geehrt, will es mir aber professionellerweise nicht anmerken lassen und wende den Obama-Gangway-Schritt an, um weltmännische Gelassenheit zu demonstrieren. Die Menge gibt sich unberührt. Ich defiliere an den Wartenden an der Bahnsteigkante vorbei.

Ich dachte, in Mitteleuropa würden die Menschen auf weiten Abstand aus kulturellen oder gesundheitlichen Aspekten Wert legen, irre mich jedoch scheinbar, da sobald es eng wird nur wenige mir ein paar zusätzliche Zentimeter geben, damit ich nicht auf die Gleise ausweichen muss, während die meisten jedoch eine Berührung vorziehen.

Meinen angestammten Platz auf dem Bahnsteig erreiche ich schließlich nahezu problemlos, nur wenige bissige Blicke musste ich einstecken. Das ist Kollateralschaden. Das ist eben so. Ich pendle schon seit eineinhalb Jahren, da kennt man das Zugverhalten und weiß, wo welche Tür sein wird, wenn sich die Bahn nicht gerade wieder eine kleine Neckerei ausgedacht hat. Da kann man sich nicht von irgendwelchen Graugesichtern von seinem Plan abbringen lassen. Ich justiere mich geschickt zwischen zwei zu Salzsäulen erstarrten Männern. Keiner will auch nur einen Millimeter abgeben in der festen Überzeugung, dass dies der einzig gute Platz ist, um in perfekter Position zur Tür zu stehen, wenn der Zug zum Stillstand kommt, damit man auch ja nicht den dann aussteigenden Fahrgästen Platz machen muss, sondern stattdessen, wenn sich alles bestens fügt, sogar noch während des Aussteigens der letzten bereits in den Wagen schlüpfen kann, um dann einen, wenn nicht sogar seinen Thron zu besteigen.

Ich stelle mich also zwangsläufig auch so auf, dass ich in die Richtung gucke, aus der ich kam, allerdings nur weil keine andere Haltung möglich war. » Lächerlich … « denke ich » … das ist ja hier wie bei der Armee «.

Plötzlich kommt Dynamik in die starre Szenerie. Zwei Frauen, vielleicht Mitte fünfzig, kommen nervös schnatternd auf den Bahnsteig und stellen sich vor die beiden Männer rechts und links neben mir und tun so, als wäre nichts. Demonstrativ erweitern sie ihren Aktionsradius nach rechts und links und schließlich auch nach hinten, sodass die beiden Männer ein Stück zurückweichen müssen. Ich stehe nun zwischen den Damen, die die gelassenen und nichts von ihrer Aktion merkenden, aufgeregt aber doch sehr angespannt redenden Damen geben, sich dabei immer gespielt locker in die Augen blicken und dann hin und wieder einen erwartenden Blick auf das Tunnelende werfen, aus dem der ersehnte Zug erwartet wird.

Man sieht bereits die Reflexionen der Zugscheinwerfer an den Tunnelwänden. Der Zug fährt ein. Zum Glück, er hat zwei Wagen. Wir müssen unsere Position nicht aufgeben und etwa hastig in die Mitte des Bahnsteigs laufen. Die Pole-Position ist unsere. Die beiden Damen schauen einander vielsagend verschwörerisch an. Der Zug kommt perfekt abgepasst mit der Tür genau zwischen den Damen zum Stehen. Die Türen öffnen sich. Die Damen geben sich mit den Fingern sonderbare Zeichen, wie Baseballspieler auf dem Feld, um den Gegner nicht wissen zu lassen, was sie für eine Taktik anwenden werden. Die ersten Fahrgäste steigen aus. Die Damen schieben sich ein bisschen nach innen und näher an den Wagen heran, um etwaige Lücken zu schließen, durch die ein Gegner schlüpfen könnte. Weitere Blicke und Handzeichen werden gewechselt. Stumm. Der Kopf der rechten schwenkt ruckartig richtungsweisend nach rechts. Die linke antwortet mit kurzem Kopfschütteln und einem anschließenden Kopfruck nach links. Klar, wir gehen nach links – Ihr zwei seid stark. Jetzt kommen nochmal Handzeichen ins Spiel. Die beiden Männer und ich schauen uns verwundert an. Wollen die beiden uns verdeutlichen, dass sie die Luft harken wollen? Nein, es wird klarer. Sie deuten sich durch wackelnde in der Luft hin- und hergezogene Finger an, dass sie sobald der letzte auch nur die Wagentür erreichen sollte, in den Wagen schnellen, nach links abbiegen und die Fensterplätze – angedeutet durch das Zusammenführen beider Zeigefinger und Daumen – auf der linken Gangseite einnehmen wollen. Um das gesteckte Ziel auch auf jeden Fall zu erreichen, kann ruhig Gewalt angewandt werden – angedeutet durch Stoßbewegungen der angewinkelten Arme, mit dem Ellbogen nach hinten zeigend, während ein gerümpftes Gesicht gezeigt wird.

Es ist soweit. Der letzte Passagier scheint die Schwelle überqueren zu wollen. Die Damen drücken sich in die Tür, sodass der Passagier für einen kurzen Augenblick zwischen ihnen steckt, um anschließend wie ein nasses Stück Seife zwischen Fingern ausgespuckt zu werden und mit einem kleinen Schub schneller als beabsichtigt auf dem Bahnsteig zu landen.

Die beiden Männer und ich vereinbaren stillschweigend, wir würden keinen Widerstand leisten und die Damen kampflos ihr Vorhaben durchführen lassen. Die Damen flutschen in den Wagen, platzieren sich einander gegenüber am Fenster und thronen. Ich nehme Platz neben einem bescheiden Passagier und beobachte die selbstgerechten Gesichter der beiden, wenigstens hier mal erfolgreich gewesen zu sein.

Ich war gerade dabei, ihnen ihren Triumph zu gönnen, als ein großer augenscheinlich durchgeschwitzter Mann mit stark verschmutzten Straßenarbeiterklamotten – wie sich kurz darauf herausstellte, stark nach Schweiß riechend – neben sie setzte. Die beiden guckten sich bedient in der Erkenntnis an, dass ihre Platzwahl getroffen und unumstößlich war, außer sie wollten die Fahrt im Stehen verbringen.

Erfolg ist nicht immer ein Genuss und manchmal muss man auch leiden, um seinen Erfolg zu erhalten.

Respektspersonen

Grundsätzlich denke ich, dass ich ein kleines Problem damit habe, mich auch mal nicht an Regeln zu halten. Ich mache nichts, das der Obrigkeit widrig ist – ich fühle mich ja schon vom Geheimdienst verfolgt, wenn ich einmal bei Rot über die Ampel gegangen bin – und halte Gesellschaftswerte hoch, wie ich auch Autoritäten als Respektspersonen schätze.

Wenn man pendelt, dann kommt man nicht umhin, immer wieder die gleichen Personen zu sehen. Seit einiger Zeit treffe ich einen Inder in der Bahn. Ein stiller Zeitgenosse. Er hat jedoch eine kleine Eigenart. Wenn der Schaffner kommt und ihn um seinen Fahrschein bittet, zeigt er diesen zugleich vor. Er ist allerdings immer wieder aufs Neue nicht entwertet. Der Schaffner wird nicht müde, ihm jeden Tag aufs Neue zu erklären, dass die Entwertung vor Fahrtantritt auf dem Bahnsteig passieren muss. Er guckt den Schaffner an, als verstünde er nichts. Der Schaffner beginnt gebrochen zu sprechen, damit ihn der Sprachunkundige auch versteht. Es hilft nichts. Der Mann versteht nichts. Also entwertet der Schaffner die mitgeführte Karte und geht weiter. Ich weiß nicht, ob ich anschließend tatsächlich ein kleines Lächeln auf dem Gesicht des Fahrgastes sehe oder mich irre. Aber ich glaube ihm zu glauben.

Da gibt es aber noch einen Ostasiaten. Ein sehr gepflegter Herr in den späten 50ern oder frühen 60ern, der immer im Anzug anzutreffen ist. Auch diesen Mann durfte ich schon ein paar mal dabei beobachten, wie er keine entwertete Karte vorweisen konnte. Der Schaffner, auch hier erst in der Annahme der Mann könne Deutsch, gibt ihm lange und umständliche Erklärungen, wie das deutsche Fahrkartensystem funktioniert und beginnt ihn zu tadeln. Der Mann blickt verdutzt und neugierig wie ein kleines Kind um sich und sagt mit einem unschuldigen Lächeln »Ich nicht verstehen«. Der Schaffner gibt auf und entwertet die Karte. Ich war bisher sehr naiv und glaubte ihm, bis er gerade als der Schaffner außer Hörweite war einen Anruf erhielt, das Gespräch annahm und in lupenreinem, nahezu akzentfreiem Deutsch antwortete und sich dabei auch keinerlei Gedanken zu machen schien, ob ihn der Schaffner vielleicht doch hören könnte.

Ich könnte das nicht. Ich könnte noch nicht einmal zu meinem Vorteil lügen, selbst wenn ich regulär dafür bezahlen würde wie mein schottischer Kollege in den Niederlanden, der mir immer wieder berichtet, was er alles von den Britischen Inseln bestellt, auch wenn die Anbieter meinen, sie würden nicht aufs Festland versenden und er daraufhin in einem erbarmungswürdigen Ton meint, er wäre doch Schotte und die auf dem Festland hätten so tolle Sachen nicht, erst recht nicht in der Qualität wie in der Heimat – dabei geht es ihm einfach nur um das Modell. Das würde die nationalen Gefühle besonders der Engländer sofort bewegen und meinen lassen, dass er arm dran wäre und sie ihn auf jeden Fall unterstützen würden. Und schwupps wird die Bestellung verschickt.

Ich hätte einfach nicht den Mumm dazu. Vielleicht habe ich als Kind schon für mein ganzes Leben vorgelogen.

Aber die Begebenheit, die mir am meisten imponierte, war die folgende:

Es ist Feierabend. Alle wollen nachhause. Der Bahnsteig ist voll. Der Zug fährt ein. Ein wildes Gedränge, bis alle Passagiere die Waggons verlassen und die neuen Fahrgäste die Waggons besetzt haben. Manche ziehen es vor zu stehen, auch wenn noch Plätze frei sind, aber eben nicht ohne Nachbarn. Nicht so die Alte.

Die Alte, ein bunt geblümtes Kopftuch tragend, geduckt, klein aufgestumpft, in der rechten Hand einen dicken Nettobeutel mit Krimskrams, vielleicht Leergut, Plunder, in der linken Hand einen zerschundenen Aldibeutel, der offensichtlich mit leichten Dingen, aber vielen davon, bis zum Überquellen befüllt ist, schlüpft beim Schließen der Türen noch schnell in den Wagen und schiebt sich, ohne sich nur für eine Sekunde umzuschauen selbstbewusst durch die Gänge, stößt hier und da einen Stehenden beiseite. Auch Sitzende sind nicht sicher vor ihr und verlieren durch ihre beim Vorbeigehen verteilten Stöße teilweise ihre Bücher und müssen sie slapstickartig in der Luft durch mehrfaches Nachfassen wieder einfangen, ehe sie auf den mit Nässe bedeckten Boden gleiten.

Die Alte ist nicht zu bremsen. Sie schiebt sich, ihren Blick wie ein Stier schräg nach unten vor sich auf den Boden gerichtet durch den Gang. An mir vorbei. Sie verströmt einen Hautgout von Ranzigem, von fauliger Nässe. Die Lumpen, die sie kleiden, lassen sie wie eine Pennerin erscheinen, eine Bettlerin. Ihr Gesicht zeigt nichts Außergewöhnliches außer Sturheit, eine gewisse Dosis Verbitterung und Ignoranz. Wie selbstverständlich öffnet sie die edle Glastür zur ersten Klasse. Dort sitzt nur ein Businessmann im feinen Zwirn. Und sie. Kein Gedränge. Keine stehenden Passagiere. Keine Unruhe.

Sie richtet sich ein. Rechts schön ordentlich wird der eine Beutel aufgestellt. Sicher. Er soll bei schwankenden Bewegungen des Wagens nicht umfallen. Auf dem gegenüberliegenden Sitzplatz erhält der olle Aldibeutel einen Ehrenplatz. Der Businessmann blickt nicht einmal auf. Sicher, sie hat bestimmt eine erste Klasse Karte. Nichts natürlicher als das.

Die Passagiere der zweiten Klasse gaffen einander an. Warum sind wir so doof und sitzen hier wie die Hühner aneinander gedrängt. Oder stehen etwa?

Die Schaffnerin kommt. Hohn macht sich auf den Gesichtern in der zweiten Klasse breit. Die wird jetzt aber ihr blaues Wunder erleben. »Ihre Fahrscheine bitte!« Jeder zeigt bereitwillig seinen Fahrausweis vor. Manche führen dabei einen kurzen Blick Richtung erste Klasse. Die wird jetzt gleich ihr Fett weg kriegen. Gemurmel mit hämischem Kichern ist zu hören. Die Schaffnerin passiert mich. »Danke.« Ich muss zugeben, ich gucke auch gespannt. Die Schaffnerin öffnet die Glastür zur ersten Klasse. »Ihre Fahrausweise bitte!« Der Businessmann zeigt seine Premium-Gold-Card-Erste-Klasse beflissentlich vor. › Eins. Setzen.‹ denk ich mir › Fein gemacht‹. Die Alte guckt unbeeindruckt vor sich hin. Die Schaffnerin gibt dem Businessmann seine Karte zurück. Dreht sich zur Alten. Sieht. Dreht sich zur zweiten Klasse und verlässt das Abteil, ohne die Alte auch nur angesprochen zu haben. Die Fahrgäste der zweiten Klasse gucken leicht betreten vor sich hin. Offensichtlich hat hier jeder seine Wette verloren. Auch ich.

Respekt!

Respektspersonen sind selten geworden. Deutschland ist doch noch nicht am Ende. Die Alte sollte Lehrerin werden.

.

Ich bin altmodisch

Wir sind es alle gewohnt, dass es bei größeren Menschenmengen auch mal eine kleine Duftwehe gibt, von deren Herkunft man nicht unbedingt alle Details wissen will, aber wenn, dann kann dieses Vergnügen zweifelhafter Natur sein. Und das kommt zwangsläufig, das mag den ein oder anderen Leser überraschen, auch beim Bahnfahren vor.

Ich sitze also mal wieder so in der Bahn, als sich plötzlich mir gegenüber eine sehr hübsche junge, gut gekleidete, um nicht zu sagen anziehende Studentin setzt. Sie macht einen unbeschwerten lebendigen Eindruck, während sie heiter mit ihrem Gesprächspartner am anderen Ende der Leitung mit Hilfe ihres Headsets telefoniert. Ich bin entzückt. Sie zieht gleich ihre Jacke aus. Der Rest macht auch einen äußerst ansprechenden Eindruck. Sie lehnt sich ein bisschen zur Seite und hebt dabei die eine Seite ihres Gesäßes. Sie stockt im Gespräch. Ich denke, sie will ihr Portemonnaie oder Telefon – heutzutage tragen die jungen Dinger ja dort ihr Smartphone – hervorzuzaubern, da höre ich eine gequälte Flatulenz. Ein tiefes niederfrequentes Knattern, fast schon Rumpeln, das nahezu an das genüssliche Grunzen eines Hundes erinnert, wenn er sich gerade auf dem soeben ergatterten Platz auf dem Teppich zur Ruhe legt, nachdem er eine Weile seine Ziele bei seinem Herrchen erfolgreich verfolgt hat – und bemerke zugleich, dass der Druck aus ihrer Mimik weicht und sie sogleich unbeschwert laut loslacht und heiter mit ihrem Gesprächspartner am anderen Ende der Leitung ohne jede Pause oder Unterbrechung, ohne Zuckung oder Geste der Entschuldigung an ihr Gegenüber, mich, weiter über Auslandssemester und Masterarbeit und Degrees redet.

Da war einfach nur ein lauter, lang gezogener, knatternder und selbstbewusster Furz.

Ich schwanke zwischen »Chapeau!« und »Na, also wirklich!«.

Rassismus

Ein harter Tag ist vorbei. Ich will den Beginn des Abends durch romantisches Fahren in der Bahn in Richtung Heimat beim Anblick gazellengleicher Tippbewegungen der Finger einer zierlichen, gar zerbrechlichen Gestalt – wie sich später, als Tippen nicht mehr ausreicht, bei einem Telefongespräch herausstellt – einer Russin mit seidiger Stimme, süßlich schmunzelnd genießen und mich dabei zurücklehnen. Da kommt ein riesiger, massiver, korpulenter Schwarzafrikaner, der auf dem Kopf eine Hafenarbeiterstrickmütze und darüber Kopfhörer trägt – ich fühle mich kurzzeitig an eine Bahnfahrt durch die Bronx in den Neunzigern erinnert, nur die Szenerie heute ist deutlich trister, angesichts der fahlen grauen und ringsum zu erblickenden unfröhlichen Gesichter, die sich in ihre Sitze schieben, während damals laut gesungen oder fröhlich gewitzelt wurde und ein paar Mommies in der Bahn miteinander Hasche spielten, obwohl die bestimmt weniger Gründe zum Lachen hatten als meine heutigen Mitfahrer – und setzt sich keuchend und schniefend in die Sitzgruppe rechts neben mir, dabei laut Musik hörend, was ihn offensichtlich davon abhält, seine enormen Körpereigengeräusche selber wahrzunehmen – es rasselt und blubbert so scheint es aus Nase, Hals und Ohren. Oder versucht er sich gar davor abzuschotten?

Ich rieche gleich, es ist zwecklos weiterzulesen, klappe mein Buch zu und verstaue es sorgfältig. Ich will beim Aussteigen nicht in Zeitnot kommen, denn ich werde bestimmt einiges zu berichten haben. Kaum getan kann das Spiel auch schon beginnen.

Eine schlanke Frau kommt in den Waggon gedonnert, ihr Smartphone als Schutzschild vor sich führend – die Frau kann doch so nichts sehen, da muss man auch mal Verständnis zeigen, sie hat doch schließlich beim Gehen auf ihrem Gerät zu lesen, na also – marschiert sie im Offizierschritt in die Sitzgruppe neben mir und installiert sich meinem Beobachtungsobjekt gegenüber, wobei es durch ruckartiges Zurückziehen seines Beines dasselbe in Sicherheit bringen, aber auch zur gleichen Zeit seinen Unmut zum Ausdruck bringen möchte. Man kann förmlich seine Gedanken lesen: »Was, diese vier Plätze sollen nun nicht mehr ganz mein allein sein?« Nun gut, der Mann greift zu einer drastischen Methode, diese aufdringliche Person zu verscheuchen. Selber bereits stark Bohnentranspirat verströmend greift er in seine Manteltasche und holt einen Hot Dog, ja einen Hot Dog bereits mit Ketchup und Zwiebeln versehen, raus – innerlich breche ich vor Lachen zusammen und kann mich auch äußerlich kaum noch halten – und quetscht ihn dermaßen, dass das weiße Brötchen in nicht handhabbare Teile zerfällt, die ihm peu à peu aus seiner Handschale gleiten. Dabei beugt er sich demonstrativ zur Kontrahentin herüber und beißt ungeschickt mit provokantem Blick ab, sodass die mit Senf und Ketchup beschmierten Brötchenteile auf ihre Hose und Schuhe fallen. Zugegebenermaßen sehe ich keine Flecken, aber die Stücke berühren auf ihrem Weg zum Boden ihre Kleidung und ihre schwarzen Lackschuhe werden regelrecht von weißen Brötchenteilen umzingelt. Ich will schon etwas einwenden, aber Frauen sind ja emanzipiert und so verzieht die Gute gleich all ihre Gesichtszüge, anklagend und empört. Der Mann glotzt sie an und wartet bevor er loslegt, sich den Rest um den Mund zu schmieren. Sie öffnet den Mund schockiert ob dieser Impertinenz und holt tief Luft. Ich bin auch sprachlos, es ist eine Offensive, mit der selbst ich nicht gerechnet hatte. Er mampft also weiter und macht dabei herrlich schleimige Röchelgeräusche aus Hals und Nase, als ob er gleich auslaufen würde – der Mann ist leck. Sie, die kontrollierte, ordentliche Deutsche faucht ihn an » Du Arrrrrsch « … Stille … Ein Akt des Rassismus? In der Bahn? Oder einfach nur eine Frau, die sich über ungehöriges Benehmen eines Mannes aufregt? Die Gesichter in Hörweite kolorieren. Die Gedanken sind förmlich zu hören: » Was hat sie gesagt? « Sie springt auf und läuft ans andere Ende des Wagens.

Ist hier der Mann erst Opfer, dann Täter und dann wieder Opfer? Oder genau andersherum? Es ist nicht klar zu sagen. Eines ist aber sicher: nun ist er zufrieden. Denn mit genüsslichem Blick über die gewonnene Schlacht beugt er sich nach links, um den Rest des augenscheinlich ungenießbaren Hot Dogs im Papierkorb zu versenken und sich dann mit einem Fernsehsesselgesicht zurückzulehnen und die Beine auszustrecken.

Ich weiß nicht, ob ich mich amüsiere oder ärgere, bis zwei fahlgesichtige Frauen unseren Bereich betreten und sich laut über zwei Reihen hinweg zurufen:

» Hey. «

» Hey. «

» Du hier? «

» Ja. Und Du? Wieso sehe ich Dich jetzt erst? «

» Keine Ahnung «

Viel tiefsinniger wurde dieses Gespräch nicht, wenn auch es zum Leidwesen aller anderen Anwesenden dauerhaft über diese Entfernung ausgetragen wurde. In anderen Situationen hätte ich eben letztere Begebenheit erzählenswert gefunden. Aber nach einer so spannenden und farbenfrohen, viel tiefer gehenden Begebenheit wie der ersten erntet letztere nur Argwohn und stimmt traurig.

Die Lektion

Es ist morgens. Die Sonne scheint. Ich bin voller Schwung und doch spät dran. In aller Eile es dennoch bis zum Waggon geschafft, empfängt mich der augenscheinlich kurz vor der Pensionierung stehende Schaffner mit steifer, starrer Haltung, die Arme auf dem Rücken verschränkt, ohne Regung seiner Gesichtszüge mich streng über seine Halbbrille musternd und ohne auf mein » Einen wunderschönen guten Morgen « zu antworten.

Beim Bahnfahren kann man die Verschiedenheit von Menschen sehr gut beobachten, gerade weil sie vermeintlich alle dasselbe tun – mit der Bahn fahren und sitzen. Diese Verschiedenheit trifft auch auf Schaffner zu. Bei Schaffnertypen gibt es viele Schattierungen.

Da gibt es den Gesprächigen, der auch einmal aus seinem Privatleben schnattert, der einfach mal mit » Stammgästen « herzlich lacht und nachfragt, wo denn die Kollegin ist oder ob sie denn wieder gesund ist, was die Kinder machen oder ob es wieder ein anstrengender Tag war. Da wird sich auch gemeinsam mit dem Fahrgast aufs Wochenende gefreut oder über die Bauarbeiten geärgert. Diese Schaffner kündigen sich bei den Fahrtantrittsansagen durch eine natürliche Lockerheit an. Dabei machen sie manchmal auch, ich denke mit Absicht, eine kuriose Bemerkung, die die Fahrgäste allesamt schmunzeln und wissen lässt, dass heute nicht so ein Griesgram vorbeikommen wird.

Dem Letzteren – dem griesgrämigen, sauertöpfischen Schaffner – ist es leider nicht gegeben, einem den Start in den Tag zu versüßen. Schon bei der Ansage vor Fahrtantritt merkt man, dass er nicht mehr viel vom Leben zu erwarten scheint und das auch seinen Kunden wünscht. Dröge und einsilbig wird der Zweck der Fahrt angekündigt. › Mehr will ich hier nicht sagen ‹ hört man ihn denken. Die Reaktion der Fahrgäste entspricht der Attitüde des Schaffners – wie man in den Wald ruft, so schallt es heraus. Der eine reicht dem Schaffner aufgeregt ob der tatsächlichen Gültigkeit seine Fahrkarte, auch wenn kein Zweifel daran bestehen kann. Der andere lässt ihn ignorant abwartend bis auf den Mann herankommen, um dann hochnäsig in aller Gelassenheit seinen Fahrtausweis aus seiner Tasche zu kramen und ihn dabei warten zu lassen und ihm dann diesen snobistisch zwischen Zeige- und Mittelfinger haltend hinzustrecken, ohne ihn eines Blickes zu würdigen. Der Schaffner nimmt anschließend im Regelfall die Fahrkartenkontrolle unkommentiert vor.

Dann gibt es aber noch den Übereifrigen, der es besonders gut machen will, der durch eine Bahndirektkontaktmarketingschulung gegangen zu sein scheint. Er kündigt sich durch eifrige und ausschweifende Fahrtantrittsansagen an, die alle auch nur unwichtigen Details enthalten. Er fängt an, indem er sich erst einmal mit vollem Namen vorstellt, dann kommt eine herzliche Begrüßung an Bord der S-Bahn in Richtung Borna zum Beispiel, gefolgt von einer langen Liste an Zwischenhalten. Oft wird diese Ansage mit einer freundlich eingewickelten Entschuldigung wegen der Verspätung verziert und als allerletztes kommen sogar manchmal noch die Wetterdaten, wie wir sie aus Flugzeugen kennen, nur dass man hier das Wetter vor Augen hat, und der Wunsch zum » angenehmen Aufenthalt bei der Bahn und einen › erfolgreichen ‹ Arbeitstag «, was das während der langen Ansage zu beobachtende Augenverdrehen der Fahrgäste, weil sie sich lieber auf ihr Buch, Spiel, die mitgebrachte Arbeit oder Facebook konzentrieren möchten, in ein fröhliches und mildes Lächeln wandelt. Diese Schaffner kommen dann mit einem fleißigen Schwung durch die Wagen gelaufen, haben weil sie das Image der Bahn verbessern wollen Verständnis für jede ach so ausgefallene Ausrede wegen der nicht entwerteten oder gekauften Fahrkarte und machen alles akkurat und beflissentlich mit Hilfe geschickter Redewendungen wie » ist doch alles in Ordnung « oder » das kann immer mal passieren « oder » ja, das werden wir schon richten «, gefolgt von einem überfreundlichen und korrekt ausgesprochenen » dann hätte ich gerne von Ihnen 7,50 EUR «, bitten jeden Fahrgast einzeln ausladend, auch wenn selbiger schon gezückt in der Hand gehalten wird, nach dem » Fahrgastbeförderungsausweis « und überreichen ihn mit langem ausgedehntem » Und hier ist also auch alles in Ordnung. Bitte nehmen Sie Ihren Fahrgastbeförderungsausweis und stecken ihn sicher weg. Ich wünsche Ihnen noch einen Aufenthalt an Bord und einen schönen Tag. « Wenn diese Schaffner kommen, kann ich für eine Weile mein Buch aus der Hand legen, weil ich mich einfach durch das ganze Gerede, wie gewollt angenehm es auch sein mag, nicht konzentrieren kann.

Der ganz normale Schaffner   hingegen ist nicht beschreibenswert.

Außerdem gibt es noch den freundlich strengen, altmodisch väterlichen, oberschullehrerähnlichen Schaffner. Er formuliert seine Grüße und Aufforderungen kurz und präzis, um die größtmögliche Wirkung beim Rezipienten zu erzielen. Strenge Blicke und eine straffe Haltung untermauern seine Autorität. Wenn man von ihm seine wohlgemerkt gültige Fahrkarte zurückbekommt, erhält man, abhängig von seiner persönlichen Einschätzung des entsprechenden Fahrgastes, einen Blick der Güte » 5, setzen « oder » Gut gemacht Junge, das sehe ich gerne « gleichend. Wenn alles passt, trägt er auch eine Halbbrille.

Ich winde mich also nach dem nicht erwiderten Morgengruß wie eine Schlange in den Wagen, als ob ich vom halbbrilletragenden Schaffner nicht gesehen werden will und finde einen Platz in einer Vierersitzgruppe. Mir schräg gegenüber sitzt ein junges Mädchen, das zum Schutz seiner Privatsphäre seine Tasche ausladend auf den Sitzplatz neben sich gelegt hat und nun, da ich gekommen bin, diese wiederum schützend auf dem Sitz arrangiert, als würde ich von meinem der Tasche gegenüberliegenden Platze selbige wollen – ein von mir oft beim Bahnfahren beobachtetes Verhaltensmuster.

Kurz darauf geht auf der Suche nach dem geeigneten Platz ein Orientale an mir im Gang vorbei. Er bleibt an einer in seinen Augen genehmen Vierersitzgruppe stehen, die nur zu 25% besetzt ist. Der Herr, der dort bereits sitzt, macht sich nach allen Regeln der Kunst dem Fahrgast Platz machend schmal und kurz. Der Hinzugekommene bleibt im Gang stehen. Ich wundere mich – wartet er darauf, dass der sitzende Herr die Sitzgruppe vielleicht komplett für ihn räumt? Nein. Er wartete liebenderweise auf seine Frau. Eine sehr attraktive junge orientalische Schönheit schwebt zu ihrem im Gang in aller Zuvorkommenheit auf sie wartenden Mann. Er empfängt sie mit einem keinesfalls flüchtigen Kuss und umarmt sie kurz, als hätte sie eine sehr anstrengende Reise hierher hinter sich. Aber die beiden setzen sich immer noch nicht. Stattdessen gibt er ihr einen kleinen unauffälligen Wink und setzt sich anschließend ans Fenster. Sie macht zwei Schritte weiter im Gang und setzt sich in das Separee auf der Rückseite ihres Mannes und nimmt dort strategisch gut schräg hinter ihm Platz. Ob es sich hier um kulturelle Gepflogenheiten handelt oder sie in Fahrtrichtung, aber nicht neben einem Fremden sitzen und er seine Sitzgruppenbeute nicht aufgeben will, kann ich allerdings nicht ergründen.

Die Fahrtantrittsansage ertönt. Kurz und bündig, als würde Fritzchen zum Schuldirektor gerufen. Keine zwei Sekunden nachdem die Lautsprecher im Wagen verstummen, tritt der Schaffner mit strengem und bürokratischem Blick aus der Zugführerkabine und äußert in zur Ordnung rufendem Ton die Notwendigkeit, nun die Fahrausweise zur Kontrolle vorzuzeigen. Alle Fahrgäste zücken schnell ihre Papiere. Als erstes ist die junge hübsche Orientalin dran. Sie zeigt aber nichts vor. Der Schaffner versteht nicht, was an der von ihm gestellten Aufgabe so schwer zu verstehen ist. Sie weist nun auf ihren Mann schräg hinter sich. Der Schaffner guckt sie verständnislos mit stark gesenktem Haupt an, sodass seine scharfen Blicke nahezu seine Augenbrauen streifen und man verbranntes Haar zu riechen meint. Sie verweist wieder auf ihren Mann schräg hinter sich mit der Anmerkung »Ticket«. Ihr Mann dreht sich nun um. Der Schaffner hat verstanden. Allerdings ernten beide für ihr ungehöriges Benehmen tadelnde Blicke. Wider seinen Willen das Kontrollmuster brechend – er hat ja noch nicht die Fahrgäste in der entsprechenden Sitzgruppe auf der anderen Gangseite kontrolliert – macht der Schaffner zwei Schritte weiter im Gang und fordert nun von ihrem Mann das Billett. Da alles in Ordnung ist, gibt er ihm die Karte unkommentiert wieder ohne es zu unterlassen, einen mahnenden Blick zwischen den beiden hin und her zu schicken, dass sie sich doch zusammenzusetzen hätten. Er geht weiter und kontrolliert die nächsten Fahrgäste, während er bemerkt, wie die Frau nun ihren Mann schräg über ihre Schulter hinweg durch die Fahrsitze mit Lebensmitteln versorgt. Ein strafender Blick trifft den Mann und wird durch »Nun setzen Sie sich doch zu ihrer Frau, da geht das doch alles viel leichter, hier ist doch nun wirklich genug Platz« ergänzt. Beide Parteien erhalten meine Sympathien.

Das Ehepaar ist mittlerweile für den Schaffner unter »Man kann die Menschen nicht verstehen« ad acta gelegt worden, als er an einen feinen Pinkel gerät, der ihn nicht eines Blickes würdigt. Der Schaffner wartet einige Augenblicke in der Annahme, der risikofreudige Mann da würde sich schon besinnen und seiner anfänglich geäußerten Forderung Folge leisten, indem er seinen Fahrschein vorzeigt. Keine Reaktion, kein Blick, nichts. »Ich hätte Ihren Fahrschein gern gesehen.« Der Mann stellt seinen Kaffeepappbecher auf die Ablage und holt, ohne sein Smartphone aus der linken Hand zu legen und seinen Blick davon abzuwenden, sein Portemonnaie aus der Jackeninnentasche, aus dem er die Karte hervorzaubert, ohne dabei das Portemonnaie abzulegen – ein toller Trick. Bewunderung heischend streckt er dem Schaffner nun das Dokument immer noch ohne aufzublicken entgegen. Der Schaffner stellt keine Mühen an, das Dokument an sich zu nehmen, um es zu kontrollieren. Eine kurze Weile herrscht Ruhe. Ein Stillleben. Nach nervenzerreissenden Sekunden macht der Fahrgast, immer noch seinen Blick auf Facebook gerichtet, eine ruckartige Bewegung mit seinem Arm, als ob er dem Schaffner sagen will ›Nun nimm doch, was soll denn das hier‹. Der Schaffner gibt seiner bereits aufrechten Haltung einen weitaus stärkeren Anstrich von Autorität, stützt seine Arme in die Hüfte und schaut streng über seine Brille. Der Fahrgast ändert nichts an seinem Verhalten und ruckelt immer noch rum, ohne den Schaffner in der gesamten Zeit auch nur eines Blickes zu würdigen. Sicher, denke ich mir, es ist respektlos vom Fahrgast, aber man muss es auch nicht übertreiben und man kann schon mal für so einen Schnösel Verständnis haben, wenn er meint, dass Facebook Wichtigeres zu berichten hat. Dann plötzlich holt der Schaffner gymnasiallehrergleich kurz Luft und erhebt die Stimme »So ... wenn wir mal aufpassen würden, dann würde das hier auch ein bisschen schneller gehen können. Ich habe noch den ganzen Zug vor mir und den anderen Fahrgästen wird der Arm langsam steif.« Ich breche in mich zusammen vor Vergnügen. Der

Fahrgast erkennt plötzlich, dass er gemeint ist, blickt zum Schaffner auf und sagt in hochnäsigem Ton » Ist was nicht in Ordnung? « Der Schaffner weist wortlos mit den Augen auf die Karte, woraufhin der Fahrgast sich die vorgezeigte Karte ansieht, hektisch wird und beginnt nochmal im Portemonnaie herum zu kramen. Jetzt zeigt er ihm seine Fahrkarte vor. » Sehen Sie? Geht doch! Und nächstes mal gucken Sie hin, bevor Sie mir Ihren Personalausweis zeigen, denn der interessiert mich nicht. « Der feine Pinkel läuft rot an, als er bemerkt, dass alle umsitzenden Fahrgäste ihn angucken und seine fehlgeleitete Hochnäsigkeit nicht allzu sehr zu schätzen scheinen.

Ich bin ganz erleichtert, denn ich bin als nächstes dran. Ich recke mich und strecke ihm meine Karte wie ein Streber in der ersten Bankreihe entgegen. › Sieh mal zu, Du Fuzzi, wie man ne Eins kriegt ‹ denke ich mir stolz, bevor ich die Karte mit einer bösartigen Rüge zurückbekomme, dass da immer noch eine ausstehende Zahlung von vor zwei Jahren eingetragen ist. Ich sinke in mich zusammen und meine nur noch kleinlaut, dass das doch unwichtig ist, da das ein Systemfehler bei der HAVAG war und außerdem meine Fahrkarte doch gültig ist, woraufhin er mir entgegnet » Das spielt keine Rolle. Da ist ein rotes Kreuz. Und wenn es schon zwei Jahre alt ist, muss es trotzdem weg. Kümmern Sie sich schleunigst darum. Sie hatten ja bereits genügend Zeit. « Er geht weiter und ich sehe die Blicke der anderen Fahrgäste, die mich angucken als würde ich schwarzfahren. Ich fühlte mich in Sekundenschnelle in die elfte Klasse versetzt, als ich in vollster Überzeugung, die Leiden des Jungen Werther richtig verstanden zu haben, von meiner Deutschlehrerin vor der ganzen Klasse als debil bezeichnet wurde.

Anfangs komm ich erst zum Klassenklingeln rein und dann hab ich meine Aufgaben nicht richtig gemacht. Es hört nie auf. Man kann sich niemals seiner sicher sein.

Hier komm' ich

Manche Leute sind so irrsinnig einnehmend, dass es einem den Atem verschlägt.

Es ist früher Morgen und ich sitze mal wieder so in meinem Bahnsitz und schlage gerade mein Büchlein auf, da kommt ein Mann in den Fünfzigern, dreht sich zweimal im Gang und meint sich mir unbedingt gegenüber setzen zu müssen, während der Wagen doch reichlich geräumigere Plätze verfügbar hält, die wie der von ihm gewählte auch in Fahrtrichtung ausgerichtet sind. Ich wundere mich kurz und belasse es bei einem kurzen inneren Schulterzucken. Sei es drum.

Mit großer Geste installiert er sich mir gegenüber, wobei er die junge Dame neben sich so sehr durch Ellbogenbewegungen und Hintern hin- und herschieben und Arme abspreizen an die Fensterscheibe schiebt, dass sie nunmehr den Rücken an die Scheibe statt an die Rückenlehne wendet. Sie akzeptiert ihr Schicksal.

Er ist noch nicht ganz zufrieden und schiebt nun sein Gesäß ein Stückchen nach vorn und damit seine Beine auch, wobei er meine Füße mit seinen auseinandertippelt. Es ist früh am Morgen und ich verstehe nicht gleich worauf er hinaus will, was ihn anzustacheln scheint, worauf er seine Stoßbewegungen noch energischer ausführt und meine Füße gute 20cm auseinander treibt, damit sein Fuß auch bequem durchpasst.

Damit nicht genug schiebt er sein Bein unter mich und klappt es seitlich aus, sodass ich nunmehr auch spreizbeinig dasitzen muss und wir beide zu frottieren beginnen. Ich gucke ihn entrüstet an, was denn dieses höchst penetrante und inadäquate Verhalten soll, woraufhin er mich mit seinen Basedowaugen anglotzt und mir eine Art »ist doch selbstverständlich, dass Du MIR Platz machst«-Schulter- ruckeln und -Augenklippklapp zuwirft, da man ja schlecht etwas sagen kann, wenn man gerade seine Sennheiser Kopf- hörer aufhat, und nun zusätzlich sein rechtes Bein im Gang ausklappt, weswegen nun alle anderen Passagiere eine Art Hürdenlauf vollführen müssen, um an die noch freien Sitze im Rest des Wagens zu gelangen.

Nun könnte man meinen, ich sei gehässig gegenüber Dicken. Dem ist nicht so, da es sich hier um einen nor- mal proportionierten Mann handelte. Manche Menschen sind einfach einnehmender als andere und in diesem Zu- sammenhang hat das Wort »einnehmend« rein gar nichts Wertschätzendes.

Ich wünsche noch einen guten Morgen.

Lehrreiche Dienstreise nach Amsterdam

Mc – 5:45 Uhr

Ich holte mir bei einer bekannten Fastfoodkette in Halle am Bahnhof einen Kaffee, da er billiger und wie sich im Nachhinein herausstellte auch tatsächlich schmackhafter als der der Bahn war, wobei ich sah, wie in deren Auslagen Scharen von Burgern lagen. Ich dachte mir daraufhin, dass das nicht so richtig gesund sein kann, wenn die bis heute Mittag da halb warm gelagert würden und konnte mir die provokante Frage einfach nicht verkneifen, ob es denn tatsächlich einen solchen Bedarf an Burgern 5:45 Uhr in der Frühe gäbe, woraufhin die Verkäuferin mir ehrlich antwortete, dass das Zeug ja nicht wirklich ungesund sei, außer wenn es eben regelmäßig und zu viel konsumiert würde und dass es eben von denen, die letzteres praktizierten, doch recht viele geben.

So gebe es doch ein Mädel, das seit einem Jahr jeden Morgen, so schloss sie – sie berichtete nur von ihren Frühschichten – dort ein Großburger-Menü und dazu noch einen weiteren separaten Großburger kaufe, was sie – und jetzt sah man ehrliche Betroffenheit im Gesicht der Erzählerin – innerhalb dieses Jahres auf den doppelten Umfang anschwellen ließ. Sie setzte noch hinzu, dass sie ihr am liebsten sagen würde, dass sie dieses Essen besser nicht so oft essen soll, aber sie könne das nicht machen, dann verlöre sie noch ihre Arbeit, aber sie schäme sich schon. Weiterhin gebe es Mütter, die Ihre Kinder, die bereits schon » umfangreich «

wären, immer noch mit einen XL-Menü ausstatten, wobei sie sich immer denke, dass die Mutter hier vielleicht doch ein » Stück Obst oder etwas Gesundes ihrem Kind anbieten « sollte. Sie schloss mit den Worten: » Sie sehen, es gibt den Bedarf und die Burger liegen da auch nicht allzu lange. Ich find es auch nicht gut, aber ich verkaufe es eben auch nur. « Mit Erstaunen über die Person und ihre wahrscheinlich durch starke Übermüdung begründete Offenheit verließ ich den Stand und war glücklich darüber, dass ich einen Becher schwarzen ungesüßten Kaffees erworben hatte. Kaum dass ich meinen Platz im Zug Richtung Hannover eingenommen hatte, nahm ich auch schon den für diese Fastfoodkette typischen Geruch wahr und sah dann auch gleich das Opfer, dass sich 6 Uhr morgens ein ganzes Menü einverleibte.

Es ist erstaunlich, was manche Menschen zu so früher Stunde verspeisen können.

Gedränge – 9:30 Uhr

In Hannover umgestiegen. Nachdem ich zwei Stunden neben einer Frau Haut an Haut in einem dieser in einen IC umgebauten alten zweistöckigen S-Bahnen, bei denen wahrscheinlich ein Fernostasiate die Innenplanung übernommen hatte, wodurch man nach keiner Seite Entfaltungsspielraum besitzt, gesessen hatte und mir von ihr anhören durfte, wie schön es doch ist, dass mal keiner in diesem mit Pendlern vollbesetzten Zug die ganze Zeit laut redet und man mal stattdessen auch ein Schläfchen machen oder wie ich ein Buch lesen kann, während sie auf mein 800 Seiten Buch zeigte, bei dem ich leider bisher noch nicht über Seite 16 hinausgekommen bin, brauchte es nun 15 Minuten, bis eine Horde Jugendlicher ihre Koffer im Eingangsbereich des Waggons gestapelt und sich anschließend unter lautem Getöse Plätze ergattert hatte, von dem die Girls and Boys meinten, er würde eine gemeinsame Kommunikation und eine angenehme Reise ermöglichen, bis dann alle wieder aufstanden, um wieder all ihre Koffer zu entschachteln und den Waggon wieder zu verlassen, weil ihre Lehrerinnen sie mittlerweile darüber aufgeklärt hatten, dass die für sie reservierten Plätze zwei Waggons weiter auf sie warteten, während in diesem Gedränge sich unbedingt erst der Kellner mit einem Tablett voll mit gefüllten Kaffeebechern und dann auch noch die beiden Schaffner durchdrängeln und dabei auch noch gleich die Tickets kontrollieren mussten.

Zum Lesen bin ich nicht gekommen.

Sicher ist sicher – 11:25 Uhr

Nachdem in Deutschland durchgehend bei wolkenfreiem Himmel die Sonne schien und wir uns der holländischen Grenze, die sich durch eine breite Wolkendecke mit harter Kante von der Ferne her ankündigte, näherten, habe ich es unbeschadet über die Grenze geschafft.

Ehe sich deutsche Schaffner wieder über zunehmende Gewaltübergriffe von Passagieren gegen sie beschweren, wie es in den letzten Wochen mehrfach in der Presse berichtet wurde, sollten sie sich einmal ein Beispiel an den Holländern nehmen, die ihre »Fahrgastbegleiter« ausgestattet wie die Polizei immer in einem Doppelpack durch den Zug schicken, das aus einem holländischen Schwarzenegger und einem kleineren Westasiaten mit coolem aber auch unberechenbarem Blick besteht, dem du einfach nicht dumm kommen willst, weil Du Dir nicht sicher bist, ob er nicht vielleicht doch den Splint an seinem Gürtel zieht.

Habe auch auf der holländischen Seite die Fahrgastkontrolle unbeschadet überstanden.

Verspätungstelegramm

Es geht wieder zurück in Richtung Deutschland, was mir gefällt, denn wie schön Amsterdam auch ist und wie nett die wunderbar farbenreichen Amsterdamer sind, ist dieser Benelux-Dauerregen für einen Südländer wie mich noch schwerer zu ertragen als das Wetter in Mitteldeutschland, was sich im deutschlandweiten Schnitt immer noch äußerst angenehm zeigt STOP

Man fühlt sich die ganze Zeit als wäre man ein nasser Waschlappen, der einfach nicht ausgewrungen wird STOP

Erlösung kommt scheinbar etwas zäher als geplant STOP

Bahnfahrt von Amsterdam nach Halle geplant für sechs Stunden und fünfzig Minuten verlängert sich durch Unfall auf der Strecke um zwei Stunden STOP

Problemmanagement bei den Holländern tadel- und reibungslos STOP

Vorteil: Hab noch schön auf Kosten der Bahn Cappuccino getrunken und ein sehr interessantes und angeregtes Gespräch mit einem Ami aus Wyoming geführt, der als in Europa lebender Textildesigner oder so etwas der Einzige seiner Redneckfamilie ist, der nicht an Trumps Versprechung glaubt, dass wenn dieser Präsident wird, das Tankstellencafé seines Bruders in the middle of nowhere, das schon seit 20 Jahren nur mäßigen Erfolg und nicht mehr als 17 Stammgäste – meist Cousins und Cousinen – hat, ihn endlich reich machen wird STOP

Außerdem gelernt: 100% Baumwolle bedeutet in Wahrheit 80% Baumwolle, was erklärt, warum die aus T-Shirtstoff selbstgemachten Dochte für meine selbstgebauten Speiseöllampen einfach wegbrutzelten, statt das Öl verbrennen zu lassen – verdammt – und das alles diktiert durch die

amerikanische Industrie – verflixt – was durch TTIP ja nur
»besser« werden kann STOP

Fazit: Ich kann dem Bahnfahren auch bei Pleiten
nichts so richtig Schlechtes beimessen STOP

Alle sind äußerst höflich, bemühen sich wie und
wo es nur geht, schmeicheln einem den Gaumen mit dem
Verwöhnaroma von Cappuccino und fördern Begegnungen
und soziale Interaktion und gestalten die ungewollte Verlän-
gerung zur Bildungsreise um STOP

Bahnhofstoilettenromantik in Deventer

Blumen versus Siff.

Als Mann hat man es nicht immer gut. Davon kann
ich ein Liedchen singen. Aber manchmal hat das Mannsein
segensreiche Vorteile. In diesem speziellen Fall war im Stehen
abschlagen zu können lebensrettend. Das eigentliche Anlie-
gen musste ich noch für später vorhalten, was mir kaum
schwer fiel trotz des gerade zu mir genommenen Cappucci-
nos, der sich fröhlich mit den Falafel in meinem Magen auf
einen kleinen Ringelpiez begeben hat.

Die Szene war folgende: Ich irre eine geraume Zeit
bei meinem ungewollten Aufenthalt in Deventer in den
Niederlanden – auf einer Art Transfer, um einen ausgefal-
lenen Zug zu überbrücken – auf dem Bahnhof nahezu ori-
entierungslos herum, bis ich endlich einen sprechbereiten
Bahnbeamten finde, den ich nach dem Weg zur nächstgele-
genen Toilette befragen kann, deren Ausweisung ich bisher
noch nicht ausfindig gemacht habe. Es ist toll, er ist nicht
nur auskunftswillig, nein er weiß auch tatsächlich Bescheid,
was meinem Körper eine deutliche Entspannung beschert.
Hoffnung keimt auf. Zu meinem großen Glück bin ich bereits auf dem richtigen Bahnsteig. Ich schnüre also von der

Informationsbucht los, um meine natürlichen Bedürfnisse nun zu manifestieren. Aus einiger Entfernung sehe ich die Örtlichkeit. Ich beschleunige meinen Schritt.

Ich drücke die Klinke. Die Tür hakt. Ich drücke die Klinke bis zum Anschlag durch, aber die Tür will sich nicht öffnen lassen. Mittlerweile besteht kein Zweifel mehr. Die Örtlichkeit ist verschlossen. Durch das Milchglasfenster ist zu erkennen, dass im Innenraum kein Licht ist. Die Toilette scheint defekt oder außer Betrieb zu sein. In meiner Verzweiflung greife ich zur Klinke der Damentoilette. Mein Inneres spielt Kinder vor der Heiligabendbescherung, nur die Tür zum Weihnachtszimmer geht nicht auf. Die Klinke lässt sich drücken, die Tür aber nicht öffnen. Nein. Erschütterung. Auch diese Toilette ist geschlossen. Ich falle aus allen Wolken bei dem Gedanken, was gleich passieren wird. Plötzlich erspähe ich in meiner Peripherie aus meinem Augenwinkel eine zufallende Tür, durch die soeben ein Junge gegangen ist. Natürlich! Das Behindertenklo. Skrupellos wie ich bin, verschwende ich keinen Gedanken an den Kollateralschaden, den mein nun geplantes Verhalten anrichten kann. Das nun Folgende spielt sich in Sekundenschnelle ab. Ich gehe zur Tür und will sie öffnen. Pusteblume. Nix da. Ätsch. Ich halte inne. 50 Euro Cent soll ich hier einwerfen? Nach dieser Odyssee, all der Pein, die ich bereits erleiden musste? Ich krame, heureka, und werfe die 50 Cent Münze ein. Die Tür öffnet sich entgegen meiner Erwartung.

Ich blicke auf eine Wand mit einer Tulpenlandschaftspostertapete. Mittig angebaut eine Konstruktion, die eine Stahlkloschüssel beherbergt. Die Klobrille fährt gerade automatisch herunter. Ich stehe immer noch in der Tür, still vor Schock, denn von der Unterseite der Toilettenbrille lösen sich in der langsamen Abwärtsbewegung triefend nasse Klopapierfetzen, um attraktiv wie Sumpfpflanzen von ihr herunterzuhängen, wodurch das Abortensemble einen künstlerischen Touch erhält. Kunst ist aber nicht immer ästhetisch. In diesem Fall definitiv nicht. Bevor sich die Brille auf der Schüssel niederlässt, sehe ich noch den Zustand der Schüssel an sich, die offensichtlich auch vor dem Benetzen mit Urin oder Ähnlichem ausgiebig mit Klopapier ausgelegt wurde, denn auch von ihr hängen nach außen und innen klägliche Fetzen des Hygienematerials. Die Brille senkt sich und mein Blick senkt sich weiter, während ich immer noch in der Tür stehe wie vom Blitz getroffen. Ich sehe, dass sich eine Flüssigkeit über den gesamten Fussboden ergossen haben muss. Nicht ein Quadratzentimeter in dieser wunderschön gemütlich ausgeleuchteten geräumigen Toilette ist pfützenfrei. Dies alles steht im krassen Gegensatz zur bunten Tulpenlandschaftphototapete, vor der sich diese jämmerliche Szene abspielt.

Meine Ekelgrenze ist nicht so leicht zu überschreiten, aber dies ist außergewöhnlich. Ich nehme an, dass sich meine Ekelgrenze immer dem Erwarteten anpasst. Ich erwarte nicht viel von einer Bahnhofstoilette. Für eine solche in Mitteleuropa jedenfalls erschlägt sie meine Toleranz.

Ich drehe mich schon um. Aber es hilft nichts. Ich habe bereits bezahlt. Und wenn ich bezahlt habe, dann will ich auch etwas dafür bekommen – nun ja, hier eher etwas abgeben. Also los. Ich wage den ersten Schritt. Meine Schuhe schmatzen den Boden entlang. Den Raum betretend nehme ich jetzt erst den Duftanteil an dieser Eskapade wahr. Ich mache weitere kleine Schritte. Ich will nicht riskieren auszurutschen und erreiche endlich die Schüssel. Ich blicke nach unten und kann mich einfach vor Ekel windend nicht dazu bewegen loszulegen, während ich mich kurioserweise bei dem Gedanken erwische, wie ich die Klobrille denn hochklappen könnte ohne sie zu berühren, da ich sie nicht beschmutzen, meine Hände nun aber auch nicht kontaminieren will. Alles Toilettenpapier ist ja bereits aufgebraucht und im Raum nahezu verflüssigt verteilt worden. Ich raffe alle meine Kräfte zusammen und plötzlich kommt die Rettung. Links in meinem Augenwinkel blitzt kurz ein Pissoir auf, dessen Zustand nach erstauntem Hinwenden meines Blickes und näherer Betrachtungsweise ähnliche Züge aufweist. Welcher Toilettenteufel hat hier nur gewütet? Es ist mir gleich. Ich schnelle hinüber, gleite ein paar Zentimeter wie auf Eis, stehe unerschütterlich vor dem eingehängten Becken und kann wenigstens Wasser lassen. Erleichterung überkommt mich und mein Körper findet sich mit dem Gedanken ab, den Stuhlgang auf wohnlichere Gegebenheiten aufzuheben.

An Händewaschen ist nicht zu denken, sodass ich einfach den Raum verlasse. Beim Hinausgehen stoße ich auf ein junges hübsches Mädchen, das augenscheinlich die gleiche Suchodyssee hinter sich hat und beschließe, die Tür noch offen haltend, ihr Aufklärung zu verschaffen, indem ich sie warne, dass sich für sie als Frau das Geld ganz und gar nicht bezahlt machen würde und meine, sie solle doch mal einen Blick durch die Tür riskieren. Ich übergebe ihr nun die Türklinke und mache mich auf den Weg, dem Bahnhofsbeamten, der mir diese Örtlichkeit empfahl, die die einzige ihrer Art auf diesem Bahnhof für Mann und Frau war, darüber zu informieren, dass dort recht eingeschränkte hygienische Bedingungen vorherrschen, als ich hinter mir ein hysterisches »OH WHAT THE FUCK« gellend über den Bahnsteig schallen hört, als spränge dem Mädel gerade eine Riesenkakerlake an den Hals und schlüge dabei mit ihren klappernden Flügeln, während an ihren Beinen Fetzen nassen Klopapiers hängen. – Ende der Szene.

Es erübrigt sich näher darauf einzugehen, dass als ich am Informationsstand angekommen war, an dem ich den Tipp erhalten hatte, keine Person mehr weit und breit zu sichten war, da sich der Bahnhofsvorsteher offensichtlich in vollem Bewusstsein über den Zustand der empfohlenen Örtlichkeit und in weiser Voraussicht, dass er sich wohl jetzt etwas anzuhören haben würde, aus dem Staub gemacht hatte.

Blicke

Ich sehe mittlerweile die Rückreise deutlich gelassener, da ich mich bereits auf der Zielgeraden nach Halle befinde und heute Abend also noch in meinem Bettchen schlafen können werde.

Ich amüsiere mich prächtig. Bei der Platzwahl – meine Platzkarte ist ja nun obsolet – bemerke ich, wie ein mausgrauer Deutscher, schlicht und unscheinbar, Typ braver Softwareentwickler mit Pullover und Schal, jede meiner Bewegungen beobachtet. Meine Wahl fällt daraufhin auf den Platz in der Reihe neben statt vor ihm, um das Spiel mitzumachen.

Er kann nicht aufhören mich zu beobachten, dabei bekommt er offensichtlich nicht mit, dass ich ihn beobachte, seine kleinen verstohlenen Blicke egal was ich mache, selbst wenn ich nichts mache. Der Schaffner kommt und merkt an, dass ich wohl den Zug verpasst habe. Während ich erkläre, dass der Zug wegen eines Unfalls ausgefallen wäre, sehe ich den Kopf des Beobachters versucht unauffällig rechts und links neben dem Schaffner zu mir herüber linsen wie in einem Trickfilm. Keine Ahnung, was so kurios an mir ist. Schaue daraufhin mal zum Checken ins dunkle Fenster, ob meine Haare irgendwie dämlich oder besonders gut aussehen und sehe im Spiegelbild, wie der zugegebenermaßen nicht hässliche Nerd, Typ graue Maus, mich von hinten beobachtet. 007 lässt grüßen. Will ihm den Prol geben, für den er mich hält und hole mein Handy raus, stelle die Kamera an, stelle auf Frontkamera und betrachte mich, als wär das Ding mein Schminkspiegel. Er gafft.

Ich lege mich auf meinen Rucksack, um ein bisschen zu chillen und nutze dabei meine Peripherien, um zu beobachten, wie er mich immer weiter beobachtet. Ok, jetzt wird es lustig für mich. Als der Bordservice kommt, nutze ich die Gelegenheit, um mit der flott aussehenden jungen Frau mit zwei schön zu schwarzen Zöpfen rechts und links und einer schwarzgerahmten Brille ein paar platte Neckigkeiten auszutauschen, was den Beobachter weiter irritiert und zum weiteren Beobachten inspiriert, während sie mein Feuer für Bier zu entfachen weiß – wollte ich eh schon immer machen, aber jetzt mache ich es, weil es a) lustig mit ihr ist und b) weil der Typ entrüsteter junger Verklemmter das nicht erwartet. Sie fragt noch, ob ich nicht noch was zu knabbern haben will – ein unangebrachtes obszönes Kichern spare ich mir hier, sage aber, ich könne mir das nicht leisten, stocke, sie auch, fahre aber fort, ich würde ja dann dick werden, worauf sie erwidert, dass das bei mir nun wirklich keine Gefahr darstellen würde, woraufhin ich ihre Anmerkung kommentiere, dass ich das mal unkommentiert genießend annehme, aber dennoch nur beim Bier bliebe. Der Beobachter registriert gar nicht, dass ich das ganze Tamtam nur für ihn veranstalte, damit er sich in jedweder erdenklichen Weise erregen könne, was auch der Fall ist. Als dann die flotte Mid-20er-Heidi mir mein Bier bringt, sehe ich die zum Angebot gehörigen Chips und meine, ich hätte mich doch von ihren »charmanten Worten bezirzen, ja verführen lassen und nehme nun doch etwas zu knabbern, wenn es denn nicht bereits vergeben« wäre, wobei ich einen kleinen schlüpfrigen Zwinkerer hinterher schicke, den sie nicht, aber der neugierige Nachbar doch sehen konnte. Eine plötzliche Blässe und schnell nachgeschobene Röte lässt sein Gesicht kurz flackern, bis ich mich wieder der Bahndame zuwende. Nachdem sie gegangen ist, wird jeder Flaschenhub, jede Chipslette, die ich zum Mund führe, jede Seite, die ich umblättere, jede Bewegung mit einem Blick des Beobachters belohnt, bis er sich einfach nicht mehr konzentrieren kann und sein Buch beiseite legt, um sich nur noch aufs Beobachten zu beschränken. Manchmal ist es einfach wunderbar andere zu unterhalten.

Der Zugreporter

Ein angenehmer Herbstmorgen in der S-Bahn. Die Sonne schimmert durch die matten Wölklein. Matter Flachnebel liegt auf den Wiesen. Dennoch versuche ich zu lesen. Aber ein paar Meter vor mir sitzt ein Schwarzafrikaner, der sich gerade übers Handy von seiner Frau bzw. Freundin, die sich in einer dem mitteldeutschen Raum spezifischen Mundart und Sprachfärbung zu artikulieren weiß, zusammenstauchen lässt – alles natürlich über den Lautsprecher:

»Du verkaufst die Scheiße und bei mir steht dann die Polizei vor der Tür. Du kannst Dich verpissen. Immer wieder die Scheiße. Und dann die Staatsanwaltschaft. Und du? Immer weg. Ich hab kein Bock mehr drauf. Du stellst die Scheiße an, nur Scheiße die ganze Zeit und ich ... « Die Kinder schreien im Hintergrund ins Telefon. Sie: »Ach Mensch ... jetzt hat sie wieder Scheiße gegessen. Alles wegen Dir. Du Arschloch. Du brauchst gar nich wieder hier aufkreuzen. Die Bullen immer vor der Tür wegen Dir. Wovon soll ich das alles bezahlen? Du machst Scheiße und ich soll bezahlen. Wovon, häää? «

Er: »Das alles kein Problem. Alles gut. Muss keine Sorgen machen. «

Sie: »Du spinnst ja. Bleib bloß weg. Die Scheiße brauch ich nicht. Ich hab schon die Kinder. Und dann immer die Polizei vor der Tür. Was ist denn das immer für eine Scheiße, die Du da verkaufst? Ich will's gar nich wissn.«

Er mit gelassener Stimme: »Keine Sorgen. Es nischts schlimm.«

Er ist also total relaxt und sie mit den Kindern im Hintergrund motzt ihn zu, als ob es kein Morgen gäbe. Selbst wenn ich die Privatsphäre anderer sehr schätze und auch wenn ich versuche tunlichst nicht hinzuhören, diese Vorstellung ist einfach zu amüsant. Da kann man einfach nicht lesen. Ich schlage also mein Buch zu und beginne meine Notizen.

Sie spricht auch immer schön weitestgehend ohne Artikel mit ihm, damit er auch ja alles versteht.

Ein Unglück ist geschehen. Der Schaffner kommt und meint zu ihm, ob er denkt, dass das wirklich alle hier im Zug interessiert. Gerade jetzt, wo er ihr doch vorschlug, nur noch zum Schlafen beim ihr vorbeizukommen. Wie kann man so taktlos sein? Als Bahnangestellter! Hallo?

Der Schaffner geht weiter.

Oh. Jetzt wird er diplomatischer. Er schlägt ihr nun vor, sich mit ihr doch jetzt gleich zu treffen – wie soll das gehen, wo er doch gerade in der Bahn in Richtung Leipzig mitten auf der Strecke sitzt – und verbindet das geschickt mit einem charmant lächelnden Ton: »Ich mag Dein Haar. So weich. So schön. Mag ich Dein Haar.«

Ah. Jetzt scheint die Welt in Ordnung, auch wenn sie zaghaft immer wieder die Polizei und die Staatsanwaltschaft, die ständig wegen ihm bei ihr vor der Tür stehen, ins Gespräch bringt. »… aber die Polizei steht doch immer wieder vor der Tür …« säuselt sie verlegen, »… und der Staatanwalt …« in einem Ton, als würde sie den schon besänftigen können, jetzt wo wieder alles mit den beiden in Ordnung ist. Aber er hat ja auch wirklich die richtigen Waffen in der Tasche und weiß auch, wann sie gezückt werden müssen:

» Die haben so und so kein Beweise. Aber bei Dir … « – Hallo, was ist das denn für ein geschickter Schachzug – » … ist schön warm in Wohnung und ich mache Liebe bei Dir «.

Sie wird sanft wie Palmolive und immer weicher. Er ist nicht begriffsstutzig und erkennt sehr wohl seinen Landgewinn. Immer mehr sanfte Züge eines sieghaften Lächelns erstrecken sich über sein Gesicht. Ja, gleich hast Du sie.

Plötzlich. Sie blökt irgendwas durchs Telefon. Alles ist verändert. Erregt. Verärgert. Was ist passiert? Alle umsitzenden Mitfahrer gucken sich verdutzt an.

Er: » Ah, das ist neu! «

Ein fieser Rückschlag, gerade jetzt, wo er es doch schon fast geschafft hatte. Jetzt sind sie wieder soweit, dass er lediglich bei ihr vorbeikommt, um seine Post abzuholen. Wahrscheinlich hat sie den neuesten Brief von der Staatsanwaltschaft geöffnet, in dem schlechte Botschaft verkündet wurde.

Schockschwerenot! Sie scheint ein Foto zu haben, auf dem zu sehen ist, dass er seine Hand irgendwo zu haben scheint. Wahrscheinlich nicht da, wo sie hingehören sollte, wenn alles nach den olympischen Regeln ablaufen soll. Jetzt scheint es ernst zu werden. Das Wort Scheidung ist gefallen.

Das Gespräch scheint etwas wirr zu werden, denn er meint, er wäre in Halle auf dem Markt mit einer Tasche unterwegs. Die anderen Fahrgäste schauen sich verblüfft an ob der Situation, in der wir uns angeblich befinden.

Kommentar des Reporters: Wir stehen mittlerweile auf den Gleisen vorm Leipziger Hauptbahnhof und warten hin- und hergerissen zwischen › wann sind wir endlich angekommen und bitte lass das hier nie aufhören ‹ auf die Einfahrterlaubnis.

Spannungsgeladene Stille. Sie kümmert sich um das Kind. Wir warten alle gespannt, wie es weitergeht. Leider setzt der Zug zur Einfahrt in den Bahnhof an. Eine vollständige Berichterstattung kann leider nicht mehr gewährleistet werden.

Das war Ralf Hatoum, live aus der S5. Ich gebe zurück ins Hauptstadtstudio.

Nachtrag: Bei Einfahrt in den Bahnhof war zu beobachten, dass die Person die erwähnte Tasche, deren Besitzmeldung durch die Frau am Telefon in Frage gestellt wurde, tatsächlich nicht bei sich hatte. Nach Öffnen der Türen verließ das Subjekt in einer dem entsprechenden Stereotypen zugesprochenen uneigenen Hast die Bahn und das gesamte Bahnhofsobjekt.

Der Jongleur

Das Bahnfahren ist Profisache. Die Frage ist, wer hier Profi ist oder sein darf.

Ich sitze also mal wieder in der Bahn. Vor mir sitzen zwei Kinder, die acht Monate und vielleicht 20 Monate alt sind. Beides Jungen. Der Jüngere ist ambitioniert. Er hat ein Projekt. Er versucht herauszufinden, welche Höhen seine Stimmbänder erklimmen können. Der ältere der beiden hat eine wissenschaftliche Ader. Er diskutiert laut im Selbstgespräch die Frage, wie das durchgekaute Brötchen in der Hand aussieht und dann wieder im Mund schmecken kann. Gleichzeitig führt er einen Feldversuch durch und analysiert dabei die verschiedenen Stadien.

Neben mir sitzt eine Gruppe Frauen in ihren Vierzigern und regt sich über »diese ungezogenen Wänster« auf. Zur gleichen Zeit ärgern sie sich darüber, dass es dort finster aussieht, wo sie hinfahren und es doch nicht mehr so schön warm ist, wo es doch gestern mit den 37 Grad UNERTRÄGLICH war, gefolgt von der Bemerkung, dass Kinder Spaß machen, aber bei den beiden hier vorne könne man sich auch das Kinderkriegen abgewöhnen. »Den Kindern muss man GRENZEN setzen« durfte im Portfolio der stereotypen Bemerkungen nicht fehlen und so zischte die Eine diese Plattitüde diagonal in Richtung der Kinder. Plötzlich stehen sie unter demonstrativem Gestöhne auf, um sich umzusetzen. Als ob der von der Situation völlig beanspruchte, nahezu überforderte, aber höchstengagierte Vater das wahrnehmen könnte oder eventuell wollte, während er den in der Bahn hin- und herrollenden Jogger, dessen Feststellbremse augenscheinlich nicht zu funktionieren scheint und so bei jedem Bremsen unkontrolliert nach vorn und bei jedem Anfahren wieder nach hinten rollt und dabei keinerlei Rücksicht auf eventuell herumstehende Passagiere nehmen will, versucht einzufangen und gleichzeitig dem einen der beiden Kleinkinder versucht ein bisschen Ruhe schmackhaft zu machen und dem anderen zu erklären, dass es nicht unbedingt notwendig ist, das durchgekaute und vollgespeichelte Brötchen in die von der Bahn beschmutze Hand zu spucken und dann wieder in den Mund zu nehmen, um das ganze erneut durchzukauen. Zu allem Überfluss ruft noch sein Vorgesetzter an und versucht ihm anscheinend schmackhaft zu machen, dass es doch besser wäre, nochmal zum Arbeitsplatz zurückzukehren, um irgendetwas zu erledigen, was wohl irrsinnig dringend ist, wie alle Dinge um 18 Uhr.

Hinter mir sitzen zwei Omchen: » Oh wie süüüüüüß. «

Dazwischen sitze ich, der sich zwar durch das Unterhaltungsprogramm abgelenkt nicht auf seine Lektüre konzentrieren kann und stattdessen diese Momentaufnahme niederschreibt, sich aber dabei köstlich und gleichermaßen über Vorne, den eigentlichen Profi, Seite und Hinten amüsiert und sich genüsslich in dem guten Gefühl zurücklehnt, dass das nicht er ist, der die mentale Prügel einstecken muss, und es auch nicht seine Kinder sind, die da die Bahn aufmischen.

Auf Tuchfühlung

Dieser Sommer ist heiß und so ist es auch nur natürlich, dass es in der Bahn entsprechend heiß wird und sich dies auf das Verhalten der Bahnfahrenden auswirkt, was sich diese Woche zeigt.

Ich sitze gerade in der Bahn, die aber noch im Leipziger Bahnhof steht. In die stickige Luft der an sich nicht heißen Bahn – die Leitung scheint beschlossen zu haben, die Klimaanlagen auf mediterranen Kältegraden zu betreiben, damit sich die Deutschen schon einmal an die Erderwärmung gewöhnen können – mischt sich durch die von den dampfenden Menschen ausgeströmten leichten Frischschweißgerüche auch noch ein penetranter Frittenduft, der aus einem Fastfoodpapierbeutel rechts hinter mir quillt. Ich habe zwar abendlichen Hunger, aber der lässt sich durch diese olphaktorische Impression nicht weiter inspirieren. Die Menschen drängen sich. Ich empfange hier den Gruß eines Ellbogens im Gesicht und das Salut einer geöffneten Achsel überm Haupt, was mich zugleich an ein Gedränge bei einer morgendlichen Fahrt von vor ein paar Tagen erinnert.

Da sitze ich am Gang gleich nahe der Tür. Der Wagen ist bereits rammelvoll, als sich beim nächsten Halt noch ein Stoß Menschen dazugesellt. Eine Frau bleibt von hinten kommend genau neben mir stecken. Mit viel Gestöhne dreht sie sich zu mir um, wobei ich das Leder ihrer um den in die Luft gereckten Arm gehängten Ledertasche mit dem Gesicht Zentimeter für Zentimeter abtasten darf. Sie hat sich eingerichtet, um die Fahrt über hier zu verweilen und lehnt sich aus Platzmangel im Gang an mich. Sie beginnt zu frottieren, was in diesem Fall dazu führt, dass sie mir ihre Brüste an den Kopf drückt. Ich sehe nichts davon, da ich so tue, als könnte ich mich weiter auf mein Buch konzentrieren und starre steif auf die Buchseiten. Spüren kann ich jedoch noch. Sie scheint umfangreich bestückt zu sein, denn die eine Brust schlingt sich mit jeder Ruckbewegung des Waggons immer weiter um meinen Hinterkopf, während die andere meine Stirn nach etwaigen Anzeichen einer Erkältung abzutasten scheint: › na wie geht es uns denn heute, Herr Hatoum ‹. Sie trägt höhergelegte Highheels – die mit der superdicken Sohle. Der Grund dafür erschließt sich mir schleunigst, da ihre Knie auch nicht all zu weit von den Schuhen entfernt sind. Nur die Höhe ihrer Schuhe macht ihre Größe aus. Klasse scheint sie auch nicht zu haben, denn sie knätscht ohne Unterlass ihren Kaugummi und stöhnt, als wäre sie die Hauptdarstellerin in einem dieser Filme, zu denen man in der Videothek nur auf Knopfdruck des Videothekars Zugang erhält – ich kenne mich natürlich mit so etwas nicht aus und berichte in diesem Bereich nur vom Hörensagen. Ich kann mich nicht entscheiden, wie ich dieses Stöhnen interpretieren soll. Heißt es › wann kriegst Du es denn endlich mit, dass ich hier sitzen will ‹ oder heißt es eher › boah ist das eng hier, aber mir gefällt es, denn endlich habe ich noch bevor ich Zähne geputzt habe Körperkontakt mit so vielen Menschen wie möglich zur gleichen Zeit ‹? Egal wie dieses Gestöhne gemeint ist, ich versuche mich zu entspannen und nicht aus meinem Sitz zu weichen, allein schon deswegen, weil ich wahrscheinlich keinen Platz zum Stehen finden würde. Sie wird schon nicht umfallen, sie ist ja gut eingeklemmt. Mit jedem seitlichen Ruck der Bahn legt sie sich auf mich. Ich kann es leider nicht genießen, da sie auch noch nach von Kaugummi übertünchtem Zigarettenrauch gemischt mit viel billigem CK 1-Immitat riecht. Jetzt beginnt sie sich auch noch mit ihrem Bauch über die Armlehne zu hängen. Langsam wird es billig erotisch. Ich versuche es als Entertainmentversuch der Bahn zu sehen, um den Reisenden die

Fahrt zu versüßen. Es gelingt mir nicht. Ich bin wahrscheinlich doch zu prüde. Nach 20 Minuten des intimen Riebes und keiner weiteren gelesenen Seite erreichen wir den Leipziger Hauptbahnhof, wo sie sich, nachdem einige die Bahn verlassen haben, von mir abpflückt. Ich höre meinen Kopf förmlich von ihrem Brustbein abschmatzen. Sie setzt sich in Bewegung, ich drehe mich um, um zu sehen, mit was für einem Wesen ich das Vergnügen gehabt habe. Die Gestalt, die auf schwarzen samtenen Highheels, die halb so hoch wie sie selber sind, über den Steinfußboden davonklappert, trägt im krassen Widerspruch dazu ein schwarz-rot-weiß geblümtes Landsommerkleid, hat schwarzgefärbte Haare und einen mit den Damen des Rotlichtmileus zu assoziierenden roten Lippenstift. So können auch in der Nachbetrachtung keine warmen Gedanken entstehen. Es bleibt also ein mäßiger Start in den Tag.

Wieder erwacht aus meiner Erinnerung werde ich, während ich also die intensiven Frittierfettdüfte gemischt mit unverbindlichem Schweißgeruch inhalieren darf, unfreiwilliger Rezipient einer aufgeregten, lauten Konversation zwischen drei Personen, die sich über jeden nur erdenklichen Gedanken austauschen, der ihnen durchs Hirnlein huscht, egal wie trivial und unwichtig er auch sein mag, und sich dabei mit Enthusiasmus unter Zuhilfenahme jeder zur Verfügung stehenden Vulgarität gegenseitig belöffeln. Neben mir stellt sich ein Mann auf. Er meint sich nun im Uhrzeigersinn von mir wegdrehen zu müssen. Das führt dazu, dass sein Rucksack von rechts hinten kommend mein bis dahin dem Gang zugewandtes Gesicht wie zwei Zahnräder ineinandergreifend nach links dreht und soweit zu meinem Nachbarn drückt, dass ich plötzlich Empörendes erblicken muss. Mein Nachbar, ein verwachsener kleiner dürrer Kerl mit magerem Dreitagebart und einer dicken Brille, hinter der sich ein nicht allzu intelligenter Blick versteckt, schaut auf seinem offenherzig auf dem Schoß aufgestellten, zugegebenermaßen opulenten Tablet einen widerlichen Low-Budget-80er-Jahre-Porno in niedriger, aber auf ganze zehn Zoll in jeder erdenklichen Dimension gestreckter Auflösung. Ich kann den Kopf nicht abwenden, weil der Rucksack soviel Druck ausübt, dass ich den Kampf verlieren würde. Andererseits kann ich auch nicht aus dem Fenster blicken, da eine blickdichte Spraykunst uns die Sicht versperrt. Stattdessen muss ich zusehen, wie dicht bewucherte Gesichter und Genitale in stark fragmentierter Form mit von unten nach oben über den Bildschirm laufenden Magnetbandstörungen verzerrt dargestellt werden, sodass ich nicht unterscheiden kann, ob die Verzerrung lust-, schmerz- oder sonstwie technisch bedingt ist. Es wird gehoppelt, dass einem schlecht wird. › Ich möchte aussteigen, ich will hier raus, auch wenn ich kein Star bin ‹. Mein Nachbar stört sich währenddessen kein bisschen daran, dass er sein zweifelhaftes Filmvergnügen mit den umstehenden Fahrgästen teilt und sie womöglich damit auch belästigt, denn nachdem sich der Einstiegslärm im Wagen gelegt hat, dürfen wir nun auch gespannt den tiefgründigen Dialogen über seine weit übersteuerten Kopfhörer lauschen, deren Satzkonstrukte eher einfacherer Natur sind und auch ein sehr schlichtes und leicht zu erfassendes Vokabular umfassen. Er rutscht währenddessen augenscheinlich bestens amüsiert leicht nervös mit seinem Hintern auf dem Sessel herum. Ein Trauerspiel, auch wenn ich es ihm gönne. Mir bleibt nichts anderes übrig als die Augen zu schließen, wenn ich jemals wieder erotische Gedanken entwickeln können will. Die 80er, oder aus welcher Zeit diese Dokumentation über das unmenschliche Paarungsverhalten der Menschen zu stammen mag, sind mir zutiefst suspekt.

Danke für diese Erfahrungen.

Kleine Schmunzelei

Der mitteldeutsche Dialekt erregt bei mir regelmäßig einiges Schmunzeln wie auch die kleinen Wortschöpfungen, die hier so Gang und Gäbe sind, wie zum Beispiel, dass das kleine Wörtchen »etwas« zählbar gemacht wird. »Einwas, zweiwas, dreiwas« werden benutzt, wenn man sich auf einen unbestimmten Gegenstand in einer zählbaren Menge bezieht. Wenn man von diesem unbestimmten Gegenstand nichts hat, wird das mit »keinwas« ausgedrückt. Ich finde solche kleinen Vergewaltigungen der deutschen Sprache unterhaltsam, aber auch befremdlich. Aber das hat nichts mit dem hier ansässigen Akzent zu tun, sondern eher mit der kreativen Energie, die man in dieser augenscheinlich phantasielosen Gegend benötigt. Wenn ich mich auf den mitteldeutschen Akzent beziehe, beziehe ich mich dabei lediglich auf großraumdeutschweit genutzte Wörter.

Es ist also morgens und da ich wie fast jeden Morgen wieder spät dran bin, haste ich kurz vor Klingeln in die Bahn und sprinte durch den Wagen, um mir einen genehmen Platz zu suchen. Kaum gefunden installiere ich mich und hörte die Ansage: »Willkomm iner Mülldeutschen Bahn in Richdung Leipzch.« Ich horche auf und rekapituliere kurz, ›Mülldeutsche Bahn‹, das hatte ich doch richtig gehört, oder? Durch die durchs Rennen angeregte Lunge und Muskulatur beginne ich lauthals zu lachen, auch weil das Pärchen mir gegenüber offensichtlich davon amüsiert zu sein scheint und ich mich dadurch natürlich in meiner Wahrnehmung bestätigt fühle – zusammen lacht es sich außerdem immer besser. Ich lache also laut los und die beiden versteinern ihre Gesichter und starren mich verwundert, nahezu empört an. Mein Lachen verstummt und ich verharre kurz mit offenstehendem Mund, als die Frau mich in feinstem Hallesch anfährt: »Altor willsduu mer anmachn?« Ich zucke, während mein Blick kurz auf den muskulösen Macker wandert und denke mir kurz, nur nichts Falsches sagen, denn mit einem Satz heiße Ohren in den Tag zu starten habe ich seit meinen Kindertagen hinter mir lassen wollen. »Ähm, Entschuldigung, ich hatte über die Ansage der Bahn gelacht« sage ich und drücke mich verängstigt in den Sitz. »Wasn fürne Ansage?« »Na, Mülldeutsche Bahn!« »Wasn darn lustg?« Erst jetzt realisiere ich, dass sie den Unterschied gar nicht begreift, da sie sich komplett in diesem Sprachraum bewegt und keinen außenstehenden Blick auf die Durchsage werfen kann. Ich suche nun schnell irgendeinen anderen Grund, weswegen ich darüber lache, der ihr und ihrem Amboss von Freund auch einleuchten könnte, finde aber keinen. Ich beschließe bei der Wahrheit zu bleiben, denn der Typ wird mich doch nicht bei voller Bahn zu Mus machen … oder? »Naja, das klang wie Müll … Mülldeutsche Bahn« sage ich nach einigem Zögern. Sie wendet ihren Blick angewidert von mir ab und sagt zu ihrem Freund in abschätzigem Ton und zugleich einem Timbre, als litt ich unter unheilbarer Hirnhautentzündung, mit bedauernden und abwertend nach unten gezogenen Mundwinkeln: »Der hat studiert, verstehste nich«, um dann ihre heitere Unterhaltung, die augenscheinlich der eigentliche Anlass für das anfängliche Schmunzeln war, über den Alkoholexzess vom letzten Samstag und dass ihr kleiner Bruder – es klingt, als wäre er zwischen 11 und 13 Jahren alt – sich mit dem Bier zusammen mit dem Red Bull-Wodka wohl doch übernommen hätte und sich witzigerweise aufs eigene Knie gekotzt hätte, wieder aufzunehmen, während ich erleichtert über die entgangene Morgenprügel mein Heinrich Böll-Buch »Ansichten eines Clowns« zücke und das Klischee des albernen Studierten bediene.

Die Lektion, die ich gelernt habe ist, dass ich in der Öffentlichkeit allein nicht laut lachen werde, ohne das Einzugsgebiet vorher zu analysieren.

Mundhalten und lernen

Mir stellt sich immer wieder die Frage, wie es denn dazu kommt, dass manche und mehr und mehr Menschen aus der Luft gegriffene Aggressionen wo sie gehen und stehen ausleben müssen. Ich bin nun auch kein Mensch von emotionaler Zurückhaltung im sozialen Interagieren, allerdings gelingt es mir zu nahezu hundert Prozent entweder die Beherrschung nicht zu verlieren oder sogar über absurde Situationen zu lachen. Und so geschah es mir heute zum wiederholten Mal.

Es ist spät. Ich bin spät. Ich komme auf den Bahnsteig und bleibe auf halbem Wege stehen, da ich merke, dass der Zug einfährt. Der Zug kommt aber nur mit einem, statt mit den von den meisten Pendlern erwarteten zwei Waggons, sodass sich das gerade noch wartende Bahnsteigvolk plötzlich in hektische Bewegung setzt, um sich den Türen entsprechend neu zu positionieren. › Ich habe Glück ‹ denke ich, denn der Zug kommt mit einer der Eingangstüren direkt vor meiner Nase zum Stehen. Nun, der erfahrene ÖPNV-Gast, weiß dass das nicht unbedingt die beste Stellung ist, die man der Bahn gegenüber einnehmen kann, denn schließlich müssen ja erst die Passagiere aussteigen können, bevor es einem erlaubt ist einzusteigen, was eine pinkgefärbte junge Frau mit gepiercten Wangen und Lippen und ihr in einen Schafspelz gehüllter anhängiger Schatten auch zu erkennen im Stande sind und sich zackig neben der Tür auf dem Bahnsteig einbetonieren, sodass ich beim zur Seiteweichen keinen Raum zur Verfügung habe und die von mir als bunte Frohnatur Klassifizierte bitte, einen kleinen Schritt zur Seite zu machen, da ansonsten die Fahrgäste nicht auszusteigen vermögen und ich von hinten bereits auch schon bedrängt werde. Ich vermag die Sphinx mit meinen Worten und Blicken nicht zu bewegen. Die Türen öffnen sich und das Unvermeidliche passiert. Ich werde durch die aus der Bahn strömenden Menschen umhergeschleudert und mit üblen Worten und Blicken beglückt, wobei ich denke, dass wenn ich diese Schmach schon unverschuldet durchstehen muss, ich das kleine pausbäckige Nadelkissen neben mir – wider meine gute Erziehung – nicht als erstes einsteigen lasse, woraufhin ich ernst mache und würdelos mein Bein vor sie stelle und somit als erstes den Wagen besteigen kann. Diese kleine Schlacht ward gewonnen. Nun belegt sie mich mit indirekten Tiraden, dass ich – ich nehme am Ende des Wagens unter einem schmucklosen und wenig unterhaltsamen Bildschirm Platz, der die Haltestellen ausweist, jedoch mit dem Rücken zu demselbigen – doch meinen Bildschirm genießen soll, sie hätten einen größeren bei sich zuhause und auf den könnten sie wohl von vorn sehen. Sie werfen mir dazu noch giftige Blicke zu, die mir sagen sollten »Du Spießer, verrecke an Deiner Ignoranz« – wie unterschiedlich die Wahrnehmung ein und derselben Situation aus verschiedenen Perspektiven sein kann, ist doch immer wieder erstaunlich – wobei sie keine Einbuße haben, da sie prächtige Plätze ergattern und auch keinerlei Mangel daran besteht, aber wahrscheinlich wollten sie selber unter dem besagten Bildschirm sitzen, aus welchem Grunde auch immer. Jetzt hatte ich nicht nur die kleine Egoschlacht an der Tür gewonnen, nein, die beiden bedienen mich jetzt noch mit Standup-Comedy auf Premiumniveau. Doch meine Belustigung ändert sich schlagartig, denn ich bemerke, wie die beiden leicht panische Züge auf ihren Gesichtern aufweisen, während im Hintergrund der Schaffner nach den Fahrkarten bittet. Sie beginnen in ihren Taschen zu wühlen und hektisch verbal aufeinander einzudreschen, wer denn die Fahrkarte haben müsste und wer nun schuld sei. Das finde ich nun gar nicht lustig, denn ich bin der Meinung, dass wir alle die öffentlichen Verkehrsmittel kostenlos benutzen dürfen sollten und wenn das nicht möglich ist, wir alle ein bisschen zusammenhalten sollten, was ich gut machen kann, denn meine Jahreskarte erlaubt es mir nach 17 Uhr einen weiteren Erwachsenen kostenlos mitzunehmen, wovon ich auch wann immer möglich Gebrauch mache, wenn mal jemand versehentlich keine Fahrkarte dabei hat. › Versehentlich ‹ betone ich hier, denn den Vorsatz kann ich nicht gutheißen, da, wenn ich den generellen Freispruch von entgeltlichen Fahrkarten befürworte, ich dennoch der Meinung bin, dass man sich an die Regeln zu halten hat.

Diese beiden sind offensichtlich nicht nur borniert und dummdreist, sondern haben auch irgendwie versemmelt sich eine Karte zu kaufen oder sie haben sie verloren. Sie befinden sich also im Zwist miteinander, der droht in ein handfestes Handgemenge auszuufern, während der Schaffner näher kommt. Gewalt bleibt uns glücklicherweise erspart. » Die Fahrkarten bitte! « Die beiden werden seltsam ruhig und ungewohnt devot. » Wir müssen sie irgendwie … wir haben keine. Wir haben aber nicht genug Geld, um nochmal eine zu kaufen « sagt der kleine Pfannkuchen mit Dekoperlen und der Blick des Schaffners verdunkelt sich. Er will den beiden nicht so recht glauben. Indem er ausholt, um ihnen nun die Konsequenzen und Kosten dieses kleinen

Lapsus' aufzuzeigen, springe ich mit meiner Jahreskarte in der Hand aus meinem Sitz und sage zum Schaffner, was ich bereits einige Male gesagt habe: »Ich glaube, ich kann hier helfen, denn meines Erachtens kann wenigstens ein weiterer Gast auf meiner Karte mitfahren und bestimmt findet sich hier noch jemand, dann wäre das bestimmt geklärt«, der Schaffner guckt mich an und holt aus: »Ja, wenn Sie das … « doch Pumuckl hat nicht richtig begriffen, was der Spießer eigentlich will und schnauzt mich an: »Verpiss Dich, Du Arschloch!«, woraufhin ich kurz zurückzucke, eine Art Schadenfreude in des Schaffners Augen erblicke, ihm wortlos Recht geben muss und mich still mit meiner Karte wieder auf meinen Platz zurückziehe. Der Schaffner wendet sich dem gerade noch tobenden und jetzt plötzlich in sich zurückgezogenen Vulkan zu, der offensichtlich aufgrund der langen Leitung erst jetzt begriffen hat, dass da gerade ein Rettungsreifen davongeschwommen ist und fährt mit seiner Belehrung über das Verlassen der Bahn beim nächsten Halt und der Zahlung der zweifachen Bußgebühr fort.

Das schlechte Gewissen, ich hätte ihr dennoch beistehen sollen, plagt mich nur kurz. Ich denke, dass es genügend Menschen gibt, die sich helfen lassen wollen. Vielleicht wird sie beim nächsten mal soweit sein. Es ist ein Reifeprozess. Es bedarf einer steten Entwicklung der Persönlichkeit, damit man lernt zu reflektieren, Situationen zu beurteilen und schlussendlich auch einmal zuzuhören.

Vielleicht ein anderes Mal, meine Liebe.

Kurzer Nachtrag: Einige Tage später. Ich komme wieder zu selbiger verspäteter Stunde auf den Bahnsteig und schlendere müde und im Entspannungsmodus daher, als mir dieselben beiden Kampfwütigen am perfekten Zwei-Waggon-Platz auffallen. Die Bahnsteiganzeige wechselt und zeigt, dass der Zug wieder mit nur einem Wagen einfahren wird. Erschrocken richte ich meinen Blick auf die beiden, die offensichtlich die geänderte Anzeige auch erspäht haben und mir nun mit entschlossenem Schritt entgegenhetzen. Ich will keinesfalls eine Wiederholung der Schlacht vom letzten Mal erleben und drehe mich panisch um. Werden sie jetzt all ihren gesammelten Hass an mir auslassen, nur weil ich mein ausgesprochenes Angebot ihnen zu helfen auf deren lapidare Abfuhr zurückzog und nicht, nach Erkennen derer Erkenntnis ihres Lapsus', wiederholte? Wollen sie jetzt, wo sie entkommen können, mich windelweich schlagen, zu Mus prügeln, aufmischen, bis ich nicht mehr weiß wo oben noch unten ist?

Der Neonstaubwedel aus der Woolworth-Grabbelecke zeigt einen entschlossenen Kampfesblick und -schritt. Ich wende mich ihnen wieder zu, weil ich es einfach nicht glauben kann, dass die eigene Dummheit in so kleiner Angelegenheit zu Gewaltausbrüchen führen kann und sehe, wie sie einen Meter vor mir ohne mich zu erkennen zum Fahrkartenautomaten abbiegen und sich eine Karte kaufen. Ha, denke ich, die beiden wollen wohl ihren Fehler vom letzten Mal nicht wiederholen. Dafür dass sie erst vor so Kurzem wegen ihrer Nachlässigkeit bestraft wurden, haben sie jetzt aber recht spät die auszuräumende Gefahr erkannt. Also los. Die Karten sind gekauft. Die Bahn fährt ein. Wie ein Loser ziehe ich schon vor der Konfrontation den Schwanz ein und verdünnisiere mich an das hintere Ende des Zuges. An der vorderen Tür bildet sich eine Menschentraube. Vielleicht ist es auch das, was mich treibt. Die Türen öffnen sich. Fahrgäste steigen aus. Wir steigen ein. Ich finde ein Plätzchen und sehe, dass die Stierin und ihr – diesmal hatte ich ein paar mehr Blicke auf den Wolf im Schafspelz werfen können – verschwitzter, ölig triefender, plumper Anhänger keinen Platz finden und spüre, wie ich kurz zögere, ob ich denn meinen einnehmen soll. Schuldbewusstsein? Wofür?

Aber irgendwie denke ich mir, es sei ungerecht. Dennoch setze ich mich. Mit dem Rücken zu den beiden. Gesehen haben sie mich nicht. Doch plötzlich stehen sie neben mir. Ich denke, mich trifft der Schlag, ein Abendkrimi ohne Sofa und Chips. Ich versteife mich. Mein Blick verharrt am Fenster. Zu sehen ist nächtliches Schwarz. › Aber offensichtlich interessant genug für dieses leichte Gemüt ‹ denken sich die Umsitzenden gewiss. Die beiden stehen mit dem Rücken zu mir. Zum Glück. Sie sind nicht wegen mir aufgerückt. Sie spricht die DHL-Logistikmitarbeiterin auf der anderen Seite des Ganges im Viererabteil, die bereits vor Arbeitsantritt verschwitzt, klebrig und ausgepowert aussieht, in zickig-höflichem Ton an (letzte Woche war also doch keine Ausnahme) » Entschuldigen Sie?!!! « Die schmutzig orangegekleidete Frau antwortet nicht und schickt sich auch nicht an, Platz zu machen. Aber selbst wenn, wo neben diesem Geschöpf in Tropfenform, weit auslaufend wie ein Sitzsack im Kinderzimmer, erhoffte sich denn Rotschopf noch Platz zu finden? Oder wollte sie, dass sie für die beiden den Platz räumt? Jetzt zeigt sich – wenn auch nur kurz – dass die Kleine intellektuell doch was drauf hat, denn sie äußert blitzschnell in abfälligem Ton ihre Erkenntnis » Ja eher wohl nicht «, guckt ihren Schatten an, der mit abschätzigem Ton einsteigt » Von der kannst Du nichts erwarten «, woraufhin sie wiederum ergänzt » Fettlake « … Pause … FETTLAKE? … Hatte ich » Fettlake « aus dem Mund eines Honigkuchenpferds gehört? Die so Angesprochene bleibt aber authentisch in ihrer Rolle und verharrt lässig reaktionslos auf ihren zwei Plätzen.

Die beiden Zweitberufspöbler ziehen weitere Tiraden ausstoßend und glücklicherweise ohne mich zu sehen wieder den Gang zurück.

Mir bleibt hierbei die Frage, ob diese Afterworkpöbelein einfach zu deren allabendlichem Vorspiel gehören. Wenigstens hatten sie dieses Mal eine Fahrkarte.

Der Mann mit den richtigen Manieren

Die 80er Jahre mir gegenüber. Man entdeckt doch immer wieder Dinge, die man verloren geglaubt hat. Die Bahn fährt heute statt mit ihren traditionellen zwei Wagen nur mit einem. Dementsprechend gestaltet sich die Sitzordnung ein bisschen » gefühlsechter «. Ich finde sofort ein Plätzchen. Der Sitz mir gegenüber ist noch frei. Plötzlich taucht eine fade Gestalt vor mir auf. Ich fühle mich sofort tief in die grauen blassen Achtziger zurückversetzt. Ein Mann mit farbloser Kleidung, nichtssagendem Antlitz, Igel und Nickelbrille, korrekt gekleidet, aber auch nicht allzu … rein … beugt sich zum freien Sitz herunter und sammelt zwei mit bloßem Auge kaum erkennbare weiße Teile, womöglich Flusen oder Körner, von dem Sitz und fragt daraufhin mit überspitzt förmlichem Ton die Dame auf dem Nachbarsitz, ob denn … jetzt – wo er doch, auch wenn er es verbal nicht zum Ausdruck bringt, es sehr wohl in Ton, angewidertem Blick und Nutzung des starken rhetorischen Elementes der Pause vor dem Wort jetzt, sauber ist – dieser Platz frei wäre. Die Dame schmunzelte bereits beim Abpflückvorgang, bricht allerdings nach der Anrede in Theo Lingen-Anleihe in lautes abfälliges Gelächter aus und setzt zustimmend nickend hinzu, dass sie sich vorhin auch nach dem » Kacken « (entschuldigt den Jargon, aber hierbei handelt es sich um die dem Äußeren der Dame keineswegs offensichtlich zuzuordnende Wortwahl, weswegen ich es für angebracht hielt, die unflätige Ausdrucksweise wörtlich zu übernehmen) ihre Hände gewaschen hätte, sodass er keine » weiteren Risiken « durch die Platzeinnahme zu befürchten hätte. Der Mann zeigt sich entrüstet, indem er empört um sich blickt, ob sich nicht vielleicht doch noch etwas Besseres ergäbe, setzt sich dann anschließend doch und wendet sich trotzig von der Dame ab, die er nun vollends als schmuddelig und unterkastig klassifiziert. Sie grinst mich nur an, woraufhin ich gleich mein soeben gezücktes Buch weit vor mein Gesicht schiebe, um mein Grinsen vor meinem direkten Gegenüber zu verbergen, das dann ja nur noch nach rechts in den Gang hätte gucken können. Ich kann die Situation kaum genießen, da ich mit einem Kribbeln in meiner Nase zu kämpfen habe, das sich nach kurzer Zeit in Form eines Niesens erledigt, welches ich geschickt in meine Armbeuge leite, damit auch ja niemand in Mitleidenschaft gezogen werden kann. Der Mann, Typ Bibliothekar, schreckt daraufhin aus seinem Sitz hoch und pöbelt, dass das ja das Letzte wäre und dass er sich diese Unverschämtheiten nicht bieten lassen müsse. Alle Umsitzenden drehen sich um und gaffen den Uncolorierten verstört an. Er guckt sich wie ein Erdmännchen um und setzt sich mit gesenktem Haupt auf seinen Sitz, wohl erkennend, dass da wohl nichts zu machen ist, wenn er schon so ein plebejisches Transportmittel wählt. Er tut mir leid, dass er erst jetzt im guten Alter von Mitte Vierzig erkennt, dass er einer von uns ist.

Gute Fahrt, mein Lieber!

Richtig hingucken, Junge!

Charmantes Verhalten ist nicht immer angebracht, denn manche bekommen so etwas aus welchen Gründen auch immer in den falschen Hals. Da kann man dann machen, was man will.

Wie nur selten bin ich heute mal sehr spät dran und haste in die Bahn, um mir in allerletzter Sekunde einen netten Platz zu ergattern und wundere mich kurz, warum sich hier noch keiner hingesetzt hat. Egal. Ich installiere mich. Erst als ich die Nina Simone-Autobiografie aufschlage, bemerke ich meinen Fehler. Mir gegenüber sitzt eine Frau, die hochaggressive technoide Musik auf den Ohren hat und diese leider durch eine hohe Lautstärke mit den Umsitzenden teilt. Ich lege mein Buch zur Seite, denn Nina Simone und Schranz passen nicht zusammen. Nun liegen gute 40 Minuten mit Aggro-Mitten und Hämmer-Hi-Hats vor mir. Mir bleibt also nur das Gehirn auszuschalten und ihr den Spaß zu gönnen. Dieser Frieden wird durch einen Lapsus gestört. Denn plötzlich kommt der Schaffner und verlangt die Fahrausweise. Die Hardcoretechnohörende und ich halten die Karten hin. Als der Schaffner nach kurzem Zögern dazu tendiert, meine Karte zuerst zu nehmen, erinnere ich ihn in einem höflichen aber bestimmten Ton, dass er doch bitte »erst die Dame« von der schweren Last des Kartehinhaltens zu befreien hat, woraufhin ich an dem entsetzten Blick sowie einen durch das Kopfheben meines Gegenübers plötzlich sichtbar werdenden Kehlkopf und einer deutlich männlichen Physiognomie erkennen muss, dass ich einem Irrtum erlegen war und gerade vor allen meine Hose runtergelassen habe. Verschämt und verstummt senke ich meinen Blick und nehme nun doch das Buch zur Hand, um meine

Gesichtsscham zu bedecken. Aus meiner Peripherie fange ich giftige Blicke des mir gegenübersitzenden Wesens ein. Ein selten schöner Start in den Tag.

Nicht jeder hat also ein geschicktes Händchen in Hinblick auf gute Manieren, der eine beim Verteilen und der andere bei der Annahme von Komplimenten.

Ein brauner Tag (in zwei Teilen)

Teil 1 - Hin (Achtung, NICHT lustig!)

Der gemeine Pendler erlebt nicht nur amüsante Dinge auf seinen abenteuerlichen Reisen zur Arbeit und zurück. Manchmal ergeben sich auch Situationen, die das eigene Weltbild und die eigene Einstellung ins rechte Licht rücken, was gut tut, wenn man empfänglich dafür ist. Mir tut das gut und ich suche deswegen auch gezielt Situationen, in denen ich mich mit mir selber konfrontiere, wobei ich die im folgenden beschriebene nicht gesucht habe, aber dennoch denke, sie hier mit aufzuführen.

Neulich fielen mir in den Kommentaren zu irgendeinem SPD-Beitrag auf Facebook Kommentare eines Nutzers auf, die sehr aggressiv und fremdenfeindlich waren, in der Art von » raus mit dem dreckigen Araberpack« oder » ich will ihre Beine statt hier tanzen an Bäumen zappeln sehen «, woraufhin ich mir dessen Profil angesehen habe – um anschließend, wenn es sich bewahrheitet, das Profil bei Facebook zu melden – das voll von ausschließlich zwei Themen war: zum einen unreflektierter Hass auf Ausländer und »Linke«, die alle seines Erachtens »vernichtet gehören«, wie es auf seiner Seite hieß und zum anderen einen quasi Liveticker über den gewünschten Gewichtsverlust seines minder athletischen Körpers, begleitet von Aufnahmen seiner tumben Visage, die glasig das Motiv nahezu hundertprozentig ausfüllt. Ich dachte mir nur, da er aus Halle war, dass ich, wenn ich dem einmal tatsächlich persönlich begegne, was weiß ich alles sagen werde.

Und Schockschwerenot, ich komme gerade in die S-Bahn, bin dabei meinen Platz auszuwählen und wen sehe ich da mit einem verbitterten, biestigen, lebensleeren Gesichtsausdruck mir gegenüber sitzen? Ja, diesen kleinen verkappten Typen, der mir kaum zur Schulter reichen würde, hätte er ein Rückgrat, was ihn aufrecht und wie einen Menschen halten könnte. Ich erinnere mich sofort an all das, was ich ihm sagen wollte, aber zwei Dinge halten mich davon ab, dies auch tatsächlich zu äußern:

Erstens sind solche kleinen sich windenden Würmer manchmal stärker als man denkt und ich hatte keinen Bock am frühen Morgen die Fresse poliert zu bekommen. Und Zweitens wofür? Der Typ ist merkbefreit. Selbst wenn ich die höchsten rhetorischen Künste aus meiner Zauberkiste kramen würde – die ich in solch morgendlicher Früh sowieso nicht dabei habe und ich also maximal »halt's Maul, Du Dumpfzumpe« rauskriegte – wäre bereits einen Zentimeter vor seinem Gesicht Ende Gelände. Da ist sowas wie ein unsichtbarer Schutzschild gegen alles, was vernünftig ist. Dieses Gesicht zeigt mir, dass dieser Typ nichts im Leben hat. Der ist verbittert und leer. Wie soll man jemanden wie den erreichen? Und dazu noch Dinge wie womöglich Rücksicht, Eingeständnisse zu Veränderungen erbitten, die vielleicht auch noch auf Verzicht auf seiner Seite führen. Verratet es mir, wenn Ihr es wisst! Ich brauche da ein paar Tipps. Und plötzlich verwandelte sich meine hochnäsige Verachtung und Wut auf ihn in Betroffenheit und Scham darüber, dass wir, die irgendwie ein Leben eingeschlagen haben, das von mehr Freude und Lust erfüllt ist, es nicht schaffen können, diesen Menschen zu zeigen, dass das Leben schöner sein kann, als seiner Verbitterung, seinem Hass und Neid auf andere öffentlich Ausdruck zu verleihen. Und dann bin ich einfach aufgestanden und habe mich weggesetzt, ihm den Rücken zugekehrt, ihm gezeigt wie man es nicht machen soll, statt ein stilles Vorbild zu sein.

Entschuldigt den Downer am Morgen.

Teil 2 - Zurück

Die heutige Rückfahrt sollte sich nach meinem morgendlichen Erlebnis im gleichen thematischen Gebiet abspielen, denn kaum dass ich mich nach getaner Arbeit erledigt in meinen S-Bahnsitz habe fallen lassen, taucht ein stark Rechtsgescheitelter auf, der sich in meiner Sitzgruppe schräg gegenüber einrichtet. Wenn ich nicht genau gesehen hätte, dass er nicht den kleinsten Ansatz an Bartwuchs hat, hätte man das an den Nasenflügeln gestutzte kleine Oberlippenbärtchen spüren können, das zwei Personen in der Weltgeschichte bekannt gemacht haben, Chaplin und Hitler – der eine war eine erhellende Komikerfigur von Beruf, der andere die düstere Schande der Menschen des 20. Jahrhunderts. Ich schweife ab. Der Typ schräg gegenüber jagt mir in Erinnerung an meine morgendliche Begegnung einen Schrecken ein. Würde das jetzt jeden Tag so gehen, dann sollte ich mir wieder ein Auto zulegen. Er mustert die zwei Ausländer auf der anderen Seite abschätzig. Nun gut, denke ich mir, vielleicht ziehe ich hier zur Einschätzung der politischen Gesinnung einer Person, die noch nicht ein Wort gesagt hat, zu viele oberflächliche Indizien zu Rate, schließlich werde ich manchmal auch als biestiger und grimmiger unansprechbarer Mensch von anderen eingeschätzt, nur weil ich gedankenverloren meinem Gesicht ein paar Züge verleihe, die da einfach nicht hingehören. Ich räume also mein Weltbild schnell auf und versuche meine Stereotypen zu vergessen, als plötzlich drei Burschen auf dem Tapet erscheinen, von denen sich zwei in unsere Sitzgruppe puzzeln, während der dritte im Gang stehend freundschaftlich seinen Arm auf meiner Kopflehne ablegt und mich dabei in Schockstarre versetzt wegen der Nähe seiner leicht muffig riechenden Achsel, seiner forschen Freundschaftsbekundung ohne Einladung, der Tatsache, dass er die Poleposition zur Begutachtung meines Haarwuchsstandes inne hat und der Burschen klassisch zugeordneten Gesinnung. Mein Weltbild ist sofort wieder in seine Ursprungshaltung zurückkatapultiert. Ich fühle mich alles andere als wohl, gerade jetzt, wo ich doch schon seit mehr als zwei Monaten nicht mehr bei » Tante Tosca« war – mein Barbier, der diesen Spitznamen bisher nur bei mir zuhause trägt, weil er sobald er mein Haupthaar trotz aller Ansagen, es ein bisschen länger stehen zu lassen, auf wenige Zentimeter bzw. Millimeter gestutzt hat, mit einem Zeug einsprüht, das wie Tosca riecht und das ich tagelang weder aus meinen Haaren noch aus meiner Kleidung entfernen kann, was wiederum dazu führt, dass Kopfkissen, Sofa, Jacken, Schals, also alles was Kontakt mit meinen Haaren aufnimmt, ebenfalls den Geruch bekommt – und meine Haare eher einem zerzausten Vogelnest glichen.

Ich hoffe also inständig, dass ich diese Fahrt ohne Anfeindungen überstehe, jetzt wo sie doch zu viert sind und ich als in ihren Augen, linksautonome Drecksau – für andere eher Typ ungepflegter Stino – dem Rudel der arischen Rasse den Platz wegnehme. Ich halte also inne, wie man es in der Schule gelernt hat, wenn der Lehrer eine Frage stellte und dann mit dem Beil durch die Bankreihen ging, um den Delinquenten auszuwählen und anschließend hinzurichten, als plötzlich die Szenerie in Bewegung gerät. Mein schräges Gegenüber fühlt sich jetzt gestärkt, wo er augenscheinlich durch die Burschen braune Verstärkung erhalten hat und beginnt nun seine Tiraden über den Gang zu den Ausländern zu schicken. »Ihr habt hier nichts zu suchen. Verpisst euch und macht uns Deutschen Platz.« Hoppla. Da hat er sich wohl verrechnet. Die Burschen, nämlich gar nicht so braun wie von ihm und mir angenommen, fallen ihm prompt ins Wort und weisen ihn in sehr gepflegter deutscher Sprache darauf hin, dass er seine Gedanken gerne für sich behalten darf, sie sich selber um eventuelle Platzeinnahme zu kümmern in der Lage sind und dass sie, wenn er noch ein Wort von sich gibt, gerne dazu bereit sind, den Schaffner und damit den Sicherheitsdienst zu holen, damit er dann sicher durch die Wagentür auf den nächsten Bahnsteig geleitet werden könne. Ich bin so gebannt von dieser Reaktion, dass ich es komplett verpasse, die Gesichter der Mitreisenden zu mustern. Meines muss jedenfalls aus sich selbst herausgefallen sein. Mein schräges Gegenüber verstummt aufgrund der mangelnden Unterstützung seiner vermeintlichen Gesinnungsgenossen, verlässt peinlich berührt und fluchtartig die Sitzgruppe und schiebt sich durch den Zug außer Sichtweite. Der stehende Bursche setzt sich und meint »Gehirnamputierte überall, aber wenigstens kann ich sitzen«.

In einem amerikanischen oder neudeutschen Film wäre jetzt eine Person aufgestanden und hätte leicht debil in Zeitlupe angefangen zu klatschen, woraufhin ein weiterer dem ersten durch Aufstehen und Klatschen beipflichten und die Geschwindigkeit des Klatschens langsam erhöhen würde, wonach mehr und mehr Passagiere aufstehen und applaudieren würden. Glücklicherweise verzichtet die Realität auf solchen Schmarrn. Dennoch wird das Verhalten durch kleine Gesten und Worte der Zustimmung aller Passagiere begrüßt. Nur die Ausländer reagieren nicht. Sie haben entweder den Typen einfach ignoriert, weil sie solche Anfeindungen ständig erleben oder sie haben gar nicht verstanden worum es ging, weil Ihr Deutschkurs wohl dann doch nicht gut genug war. Für mich jedenfalls ist der Tag wieder zurecht gerückt.

Ein Mensch will ich sein

Eigentlich will ich etwas darüber schreiben, dass Edutainment nun auch bei der Bahn ein Begriff geworden zu sein scheint, denn während ich auf den Bahnsteig einschwebe, höre ich wie hinter mir die S-Bahn gemächlich einfährt und denke mir › Die ist aber heute früh dran und deswegen lässt die sich wohl so viel Zeit‹. Doch dann drehe ich mich um mich zu vergewissern um. Nein, es ist eine andere Bahn. Ich gehe also weiter den Bahnsteig zu meinem gewohnten Platz entlang, als plötzlich nahezu der gesamte Bahnsteig hektisch auf mich zugerast kommt. Ich ziehe die Schultern hoch und stelle mich so hin, dass ich der rollenden Bahnsteigmasse so wenig wie möglich Angriffsfläche biete. Dabei erspähe ich die Bahn, wie sie halb im Tunnel verreckt ist. Es fehlte dem Lokführer wohl am rechten Schwung, sodass der Zug halb im Tunnel und halb am Bahnsteig hält und auch noch die Türen öffnet, weswegen nun die Bahnsteigbesucher, besorgt darüber, ihre ultimative

Einsteigemöglichkeit zu verpassen – dabei nicht beachtend, dass die Insassen des hinteren Wagens, der noch komplett im Tunnel steckt, gar nicht aussteigen können, sodass der Zug nochmals anfahren muss, um auch ihnen den Ausstieg zu ermöglichen – schimpfend ans Ende des Bahnsteigs hasten. Kaum dass diese nun ihren Einstieg ergattern, fährt die Bahn an, um nun auch den Zweitwageninsassen das Betreten des Leipziger Tiefbahnhofs zu ermöglichen, was ich aus perfekter Reporterperspektive in erster Reihe beobachten kann und dabei die bedienten Gesichter der Erstwagenneueinstieglinge beäugen darf. Auf dem Bahnsteig schlüpft nun ein Kunde direkt an mir vorbei zum Lokführer. Ich nehme an, dass er ihn anmotzen möchte, was diese Aktion denn solle, wie es in mitteldeutschen Gefilden landläufig zu tun gepflegt wird, doch er fragt den Lokführer, wann denn die Bahn nach Halle kommen würde. Daraufhin wirft der Lokführer einen matten Blick auf die vier Meter entfernte und deutlich lesbare Anzeigetafel, auf der in klaren Lettern die genaue nahe Abfahrtzeit der Bahn nach Halle indiziert wird und antwortet dem Fragenden in lakonischem Ton mit »Bei Gelegenheit«. Er schließt ohne weitere Worte, Geste oder Mimik das Fenster und setzt den Zug wieder in Bewegung. Schließlich kommt der Zug in Richtung Halle. Nun denkt sich die Bahn ›heute verwirren wir mal alle‹ und fährt den Zug weitaus tiefer ein als sonst üblich, sodass nun alle, die nach Halle wollen, in die andere Richtung hasten müssen. Ich nehme es mit Humor und lache laut während ich zu den anderen, die mich biestig angurren, sage »ich find's witzig, ist doch mal was anderes«. Was nach meinem Lachen nun zu komplettem Unverständnis führt. In manchen Augen sehe ich blanken Hass.

Doch all das kann ich nun nicht schreiben, weil ich beim Einsteigen den Kommentar einer Mittfünfzigerin über die aussteigenden fröhlichen, unbeschwerten vier syrischen

Jugendlichen, dass sie ihre Bomben zuhause austragen gehen sollen, einfach nicht überhören kann und ihr erwidern muss, dass das einfach nur ein paar Jugendliche sind, die genauso wenig mit Bomben im Sinn haben wie ihre Enkel. »Fick Dich, Du Gutarsch« war ihre Antwort. Wenn es schon nicht mehr zum »Gutmenschen« reicht, fühle ich mich dann doch irgendwie getroffen. Da ich es aber trotz meiner rhetorischen Fähigkeiten auch auf diesem Diskussionsniveau wegen der mangelnden Aussicht auf Einsicht vorziehe, einer eben solch gelagerten Diskussion aus dem Wege zu gehen, drehe ich der Dame demonstrativ wortlos den Rücken zu und begebe mich auf einen Platz, auf dem ich zugegebenermaßen innerlich vor Wut koche ... quasi ein Wutbürger. Ein Trost für mich ist es zu hören, dass auch andere Bahnkunden ihre abfällige Bemerkung zu den Jungs wie auch ihren Angriff auf mich hörbar missbilligen.

Mit Chic Hand in Hand

Sprühregen auf dem Weg zur Bahn. Glücklich und halbwegs undurchnässt erreiche ich den Bahnsteig. Ich steige in die S-Bahn und finde meinen Platz ,während ich bemerke, dass meine Nase läuft. Es ist November. So ist das nun mal. Allerdings ist das Stichwort Taschentuch bei mir immer mangelhaft besetzt. Ich suche in meiner Umhängetasche und tatsächlich finde ich ein Zellstoffknäuel auf dem Boden meiner Tasche vergraben unter zerbrochenen Kugelschreibern und Füllfederhaltern sowie Plastiktütchen von einstigen Frühstücksmitbringseln. Stolz hole ich den Ballen hervor. Wo kann ich da noch reinschnauben? Ich beäuge konzentriert das Objekt und zupfe versuchsweise an verschiedenen hervorstehenden Ecken, bis ich endlich ein bewegliches Ende finde. Ich ziehe und klappe es wie eine lang verschollen geglaubte, plötzlich auf dem Dachboden wiedergefundene verstaubte Truhe unter Knistern und Knacken des verklebten und verkrusteten Zellstoffs auf und setze es an meine Nase. Dabei hebe ich den Blick und sehe mir gegenübersitzend und mich angewidert anguckend einen Kaschmirmenschen, gestriegelt und gebügelt, poliert und sortiert. Ich verharre kurz, bis ich zum vollen Schnaubstoß ansetze, der von meinem Zuschauer mit hochgezogenen Augenbrauen und einem, soweit ich es richtig verstehen konnte » lass es Dir schmecken « kommentiert wurde.

Ich denke mir, egal Hauptsache habe ich meine Nase nicht in meinen Pullover oder in meine blanke Hand entleert. Oder hätte ihm das vielleicht besser » geschmeckt «?

Nach einer Weile holt der Mitfahrer ein Sandwich aus einer Papiertüte, wobei alle möglichen Krümel und Wurststückchen auf den Boden fallen. Mit den Fingerspitzen – eher Fingernägeln – stößt er die übrigen kleinen Brötchenkrümel von seiner edlen schwarzen Casual-Anzughose, als seien sie giftig. Ich denke mir » na du lässt es Dir aber schmecken «. Er beißt herzhaft hinein und wie es so ist bei einem solchen Bäckersandwich, wer kennt es nicht, öffnet sich die andere Seite und das Innere der aufgelegten Tomatenscheibe saftet zusammen mit weißer Mayonnaise auf seine edle schwarze Hose. Nun setzt er den gleichen Blick auf wie zuvor beim Beobachten meiner Schnaubaktion in den archäologischen Fund aus meiner Tasche, nur dass er – und hier zeigt sich der edle Mann von heute – ohne zu zögern mit den bloßen Händen das Gemisch aus Mayonnaise und Tomatensaft und -kernen aufnimmt und in das Sitzpolster

neben sich wischt, bis seine Hände von allen Seiten wieder
rein sind. Edel und Ekel liegen dicht beieinander. Mit den
durch den vom Meteorismus Anderer verseuchten Sitz ver-
unreinigten Händen fasst er nun beherzt sein Sandwich wieder an und isst bedenkenlos weiter. Ich weiß nicht, ob und
wie ich sein Verhalten kommentieren soll und halte inne. Er
sieht nun meinen Blick und scheint peinlich berührt.

Hygiene und Anstand, Respekt und Höflichkeit,
kurzum gute Erziehung gehen offensichtlich nicht mit Chic
Hand in Hand. Gute Fahrt!

Eingeschläfert

Vor mir Datenbankengespräch. Hinter mir Gespräche über Bankwesen und Aktien und Accounting.
Rechts sitzt jemand an einer Powerpoint mit dem momen-
tanen Folientitel » Statistiken zur Wirtschaftsentwicklung
im mitteldeutschen Raum «. Links zwei Buchhalterinnen im
Gespräch über irgendwelche Postenverrechnungen. Das ist
so lähmend. Ich lege mein Buch zur Seite und ergebe mich
in Schlaf.

Aus dem Büro

Der Anfang

Dass die Arbeit im Büro interessante, amüsante und berichtenswerte Erfahrungen mit sich bringen würde, sollte ich bereits in meiner ersten Woche dort feststellen. Während ich ein Gerät im Lager suchte, durfte ich mit anhören, wie zwei Kolleginnen, die eine Mitte 20 die andere Anfang 50, aus irgendeinem Grunde darüber fachsimpelten, wo denn beim Wort Ausweis das ß hingehöre – hinten oder vorne. Nach langem Hin und Her rief ich aus der Kammer heraus: » mit zwei S «, woraufhin die beiden erleichtert stöhnten und ausriefen: » Ach ja, neue Rechtschreibung! «, als hätten sie den Stein der Weisen gefunden. Ich musste kurz überlegen, bis ich auf den Trichter kam, dass hier ein weiteres Missverständnis vorlag, als die beiden nun zu diskutieren anfingen, wo denn nun die zwei S hin gehörten. Ich konnte das Dilemma, in dem sich meine beiden Kolleginnen nun befanden, nicht weiter mit anhören und so kam ich mit beiden Händen in die Höhe gestreckt wedelnd, dass sie doch die Diskussion beenden sollen, da ich ihnen gerne weiter Hilfestellung leisten würde, aus dem Lager gelaufen und meinte, dass es nicht ganz so kompliziert sei, denn die beiden S teilten sich einfach auf, eins vorn und eins hinten, woraufhin beide verdutzt meinten » Wirklich? «. Ja wirklich und es fiel mir wirklich schwer, dabei ernst zu bleiben.

Büroerotik

Ich bin wirklich niemand, der sein Liebesglück auf Arbeit sucht, stattdessen bin ich schon sehr zufrieden, wenn die Arbeit an sich … zufrieden stellt. Dennoch ist es auch mir einmal passiert, im Büro einen erotischen Moment zu haben.

Es ist morgens. Die Routine hat einen schnell gefühllos gemacht. Ich trete aus dem Fahrstuhl und gehe ohne irgendetwas wahrzunehmen zur Eingangstür, schließe auf und steche mich ein. Anschließend drehe ich mich stumpf um und grüße kurz und staubtrocken die junge Empfangsdame » Morgen «. Sie, eine zarte Person, säuselt mir zuckersüß mit einem lieblichen RTL II-Lächeln und einer fast schon erotisch zärtlichen Stimme zu » Hallo … ich bin's Maren «. Ich wache auf. Der Kopf schreckt hoch. Was ist los? Es ist früh, aber so früh, dass wir ganz allein sind doch auch wieder nicht. Und morgens ist auch nicht die richtige Gelegenheit für so etwas. Und überhaupt, ich bin empört, ich bin verheiratet. Ich antworte dennoch geschmeichelt, wenn auch irritiert, mit weicher ungewisser Stimme » Hallo … ich bin's Ralf « und verharre erwartend. Na? Was kommt jetzt? Sie senkt daraufhin scheu wie ein Reh ihren Blick, dreht sich leicht zur Seite, kontrastiert ihr weiches Lächeln in ihren Gesichtszügen und säuselt leise in ihr Headset » bist du schon aufgestanden? «.

Ich wende schnell meinen Blick starr Richtung Gang und gehe mit einer Mischung aus peinlicher Berührung, Erleichterung über die umschiffte Büroaffäre und auch einen Hauch von Kränkung im Stechschritt zu meiner Zelle und schließe betroffen die Tür.

Alles in Ordnung. Mein Schreibtisch hat mich ganz für sich allein.

Der Streber

Im Büro zählt Gegenseitigkeit mehr als auf der Straße. Auf der Straße kann man einfach die Ellbogen ausfahren. Das macht nichts, denn der Typ, dem man gerade klar gemacht hat wo der Hammer hängt und wer ihn in der Hand hält, ist doch eh gleich auf Nimmerwiedersehen weg. Im Büro ist das anders. Da gilt es Punkte zu sammeln, wenn man bestehen will, so ähnlich wie im Knast, wo man mindestens einen umgebracht haben muss, damit man anerkannt wird. Oder man hat immer Zigaretten dabei. Aber da kann ich nicht mitreden, denn ich war noch nie im Kittchen.

Einer meiner Kollegen ist aber immer um diese Anerkennung bemüht. Allerdings leidet er unter chronischer Unterlassungshandlung, jedenfalls was die selbstverständlichen Dinge des Alltags angeht. Da hat wohl die Mama zu lange gehegt.

So kam es, dass eines Sommermorgens, es waren ca. 38°C im Büro, die Luft stand und eine Klimaanlage war nicht installiert, eine Kollegin strahlend zu uns ins Zimmer hoppelte, um sich bei uns zu bedanken:

» Ihr habt vorne bei uns das Fenster aufgemacht? «

» Nein das war sicherlich Karolina aus dem Vertrieb « antwortete mein Kollege streberhaft – Ich! Ich! Ich weiß die Antwort – voreilig, ohne auch nur eine Sekunde über die ihm gerade gebotene Chance nachzudenken.

» Ach so … « zuckte sie mit den Schultern und lief gleich weiter zum Vertrieb. Mein Kollege, der nun die verpasste Gelegenheit ohne auch nur einen Handgriff getan zu haben Punkte zu sammeln erkannte, reckte sich steil aus seinem Bürostuhl und überschlug sich nun heftig in Rufen in Klassenbestermanier:

» Ich habe das Fenster aber auch schon mal geöffnet. Also ich mach das auch manchmal. Ich hab das auch schon mal gemacht. « Wobei seine Stimme bei jeder weiteren Ausschmückung der fantasierten Tatsachen immer schwächer und hoffnungsloser wurde, da meine Kollegin ohne jede weitere Reaktion einfach weiter ging.

Das Büroleben ist kein Zuckerschlecken. Man muss immer auf der Hut sein und darf sich keine noch so kleine Unachtsamkeit leisten.

Helene Fischer

Mein erstes großes Idol war Tracy Chapman. Als ich damals die legendären Konzertausschnitte sah, als alle für Mandela gesungen haben, war ich sofort in ihren Bann gezogen. Ich war 13 Jahre alt. Dennoch hat es nie dazu geführt, dass ich einen Personenkult daraus gemacht habe. Ganz im Gegenteil. Die Person selber war mir Wurst. Nur ihre Musik und was sie mir ganz persönlich vermittelte war mir wichtig, auch wenn mir später meine Freundin und heutige Frau das nicht ganz abgenommen hat. Aber versuch mal einer Frau so etwas zu erklären. Vergeblich.

Nun, wie der Titel dieser Kurzgeschichte schon sagt, kann es sich hier nicht um Tracy Chapman handeln, sondern viel mehr um Helene Fischer und alles was Tracy Chapman und Helene Fischer gemeinsam haben ist, dass sie Frauen und Sängerinnen und Gegenstand dieser kurzen Einleitung sind. Mehr nicht. Und darauf bestehe ich, auch wenn ich mittlerweile nicht mehr der weltgrößte Tracy-Chapman-(Musik)-Fan bin.

Nein, Helene ist ein anderes Kaliber. Sie kann mit anderem punkten, wenn der richtige Rezipient ihren Reizen über den Weg läuft. Einer dieser letzteren ist ein Kollege von mir. Er ist verhältnismäßig jung, vielleicht um die 35 Jahre und nicht 13 so wie ich damals, und verheiratet, das war ich damals auch nicht – vielleicht macht das den Unterschied – und Helene-Fischer-Fan mit Fleisch und Blut. Dies hat soweit geführt, dass er sogar seine Frau, wenn auch nicht infiziert hat, so doch davon überzeugen konnte, dass da etwas dran ist. Er bewegte sie zu Konzerten mitzukommen, sogar zwei Tage hintereinander und zu den Helene Fischer

Weihnachtskonzertaufzeichnungen zu fahren. Das muss Liebe sein.

Selbst seine Kollegen bekommen seine Helene-Fischer-Verfallenheit zu spüren. Überall an seinem Arbeitsplatz stehen Helene Fischer-Artikel wie Kaffeebecher, Mousepads, Kulis, selbst als Bildschirmhintergrund hat er sie eingerichtet.

Als es eines Tages von der Büroleitung – oder wie man zu Neudeutsch sagt Office Management – hieß, jedes Zimmer hätte eine gewisse Summe für die individuelle Verschönerung des Raumes zur Verfügung, schlug er den Mitinsassen doch tatsächlich vor, einen lebensgroßen Helene-Fischer-Aufsteller zu besorgen. Er hat die Abstimmung verloren. Ein Patt hält seit dem den Verschönerungsprozess auf. Schließlich will er den Aufsteller, die anderen jedoch nicht und die Verschönerung soll einstimmig vollzogen werden.

Helene Fischer ist eben nicht jedermanns Geschmack. In seiner Zelle sitzt unglücklicherweise ein wortwörtlicher Helene-Fischer-Hasser, dessen Emotionen augenscheinlich sein Feuer für die Fischer nur weiter zu füttern scheinen. Und so kommt es, dass er selbst für den Helene-Fischer-Kalender, den er weit über seinem Monitor für alle sichtbar aufgehängt hat, harsche Kritik einstecken muss. Täglich. Eben solche Kritik, so berichtete er mir eines Tages, hatte er auch für seinen Helene-Fischer-Kalender zuhause von seiner Frau eingestrichen. Im Laufe der Zeit vergaß ich allerdings den Grund. Ich konnte mich nur erinnern, dass es recht seltsam war.

Heute hatte ich eine Besprechung mit ihm, zu der er mit seinem Helene-Fischer-Kaffeebecher kam, auf dem sie auf fliederfarbenem Hintergrund von einem floralen Ensemble umrahmt abgebildet ist. Ich war zugegebenermaßen irritiert von diesem Objekt, sodass ich immer wieder auf die

Abbildung schauen musste, die an Kitsch kaum zu übertreffen ist. Am Ende der Besprechung fragte ich ihn, ob sich seine Frau wegen Helene mittlerweile wieder ein bisschen entspannt habe. Er meinte » Ja, sie hat mir sogar schon die Tickets für die Helene-Fischer-Show in Düsseldorf gekauft. Das Hotel ist auch schon gebucht. Alles geplant. Und … sie fährt mit. «

Ich war erstaunt über die unerwartete Antwort, da ich doch den Eklat noch blass in Erinnerung hatte und bat ihn, mir nochmal zu erklären, was denn damals zum großen Helene-Fischer-Fiasko geführt hatte. Er schmunzelte und fing an zu erzählen: » Naja, es war so, dass sie es nicht sooo gut gefunden hat, dass ich ihren Nacktkalender abgenommen … « – Oh Oh! ich verfiel in eine Spannungsstarre über das, was jetzt doch nicht wirklich kommen würde – » … und durch meinen neuen … « – nein, er wird es jetzt doch nicht wirklich wahr gemacht haben – » … Helene-Fischer-Kalender ersetzt hatte. « Ich erstarrte vor Unglauben, Spannung auf das, was nun kommen würde und natürlich auch vor hochfrequentem Zwerchfellzucken und fragte anschließend zaghaft: » Wie, Nacktkalender? … War SIE nackt auf dem Kalender zu sehen oder war es ein Kalender mit Abbildungen anderer Frauen in Nacktposen? « Wenn ich auch seine Frau nicht kannte, war ich ob der Entzückung über den Gedanken ehrlich neugierig, behalf mich allerdings auch eines provokant sarkastischen Tones, da ich eine solche Tatsache unter den gegebenen Umständen für unmöglich hielt. Er druckste herum und ließ meine Frage schließlich unbeantwortet, weil er wahrscheinlich eingestehen musste, dass es unbegreiflich war, was ihn da geritten hatte. » Ja, ich weiß! Aber der war ja abgelaufen! « klärte mich seine nächste Reaktion letztlich vollends über die mit bloßem Menschenverstand kaum fassbare Situation auf, wobei er sich einer nach Verständnis suchenden Stimme bemächtigte. Ich wand mich in meinem Stuhl, krümmte mich bereits vor Lachen und platze schließlich heraus: »Aber SIE ... war doch nicht abgelaufen, Mann!!! SIE ist doch noch da, SIE ist nicht abgelaufen!« Er musste auch schmunzeln und war sich natürlich darüber im Klaren, dass es für alle außer ihn und seine Frau unerträglich amüsant sein musste. Aber das war es noch nicht ganz, denn das Schmunzeln zeichnete bereits den eigentlichen Climax am Comedyhorizont ab, denn gleich würde ich erfahren, was letztendlich zum Orkan führte, der über meinem Kollegen wütete und seine Beziehung zu Helene ins Schwanken brachte: »Naja, das wirklich Doofe war, dass es an unserem Hochzeitstag war ...« – Schockstarre. Ich zuckte nicht einmal mit den Augenlidern. Ich denke, meine Frau ist schon SEHR sehr tolerant, was man auch sein muss, wenn man sich mich als – man stelle sich vor – Lebenspartner aussucht, aber bei so etwas hätte ich wahrscheinlich zwei Sekunden später an einem Strick aus dem Fenster gegangen – »... das war wirklich nicht so klug von mir« schob er noch hinterher und schüttelte dabei aber immer noch lachend über sein Schicksal den Kopf.

Ich konnte kaum noch atmen vor Lachen und quetschte dann mit hoher pfeifender Stimme hervor: »Nee, das war nicht so richtig klug!« und japste schnell wieder nach Luft. »Ja aber der Kalender kam nun gerade an dem Tag an, was sollte ich machen!?« Ich konnte es nicht fassen, dass oben immer nochmal ein Stück Holz aufgelegt werden konnte, wo der Scheiterhaufen doch bereits wahrlich hoch genug war und versuchte mich nun um einen etwas ruhigeren und consultantgleichen Ton zu bemühen »Na, erstens auf ein günstigeres Datum warten und zweitens einen anderen Platz zum Aufhängen wählen ... Zum HOCHZEITSTAG MENSCH, das kann doch nicht wahr sein!«

»Ja ... das hatte ich mir dann auch gedacht, aber jetzt ist es zu spät.« Späte Einsicht ... immerhin kam sie.

Wahrscheinlich bin ich dieser Welt entrückt, altmodisch, schräg und beschränkt, denn manche Menschen verstehe ich nicht so richtig. Aber eben die geben immer wieder tolle Geschichten ab.

Die deutsche Eiche

————————//————————

Morgens freute ich mich schon auf das Ende dieses Freitags. Ich würde pünktlich um drei das Büro verlassen, um dann schleunigst nach Hause zu fahren, dort noch etwas zu trinken und meine drei Mädels zu nehmen, um anschließend zu meiner Tante zu fahren.

Ich freue mich immer sehr sie zu besuchen, denn mit meiner Tante kann man schön gesellig sein, sich toll unterhalten und dabei auch gut trinken. Man wird zum Beispiel gleich bei der Ankunft mit einem oder zwei oder drei Gläschen Doppelkorn begrüßt. Darüber freue ich mich sehr. Früher wusste ich gar nicht um die entspannende Wirkung einer gewissen Anzahl an Korngläsern nach einer Autofahrt, bei der man die ganze Zeit darum bangt, dass keinem der Kinder noch der Gemahlin zum Erbrechen übel wird.

Aber das ist nicht das Geheimnis meiner Tante. Ihr Geheimnis ist auch nicht, dass sie gut kocht und immer unaufdringlich darum bemüht ist, dass man sich bei ihr wohl fühlt; und das tut man in jedem Falle. Sicher, ihre gute Küche, die oftmals wenn man hinter die Kulissen blicken konnte, nicht die aufwendigste, gerade deswegen aber umso bemerkenswerter ist, da sie besonders gut mundet, ist auch ein guter Grund, meine Tante zu besuchen.

Eines der bemerkenswerten Dinge bei ihr ist, dass wenn man beim Kochen ist, beim Schnippeln hilft oder einfach nur in der Küche dabei steht, immer ein kleines Gläschen Doppelkorn getrunken wird und man sich ständig in einem lockeren Gespräch befindet. Das finde ich toll. Meine Tante ist eine wunderbare Gastgeberin und versteht es sich bestens zu unterhalten, auch mit so kommunikationsgestörten Menschen wie mir.

Ich kann mich nur an ein Ereignis erinnern, bei dem sie gescheitert ist, Menschen zum Sprechen zu bringen. Es war eine Einladung bei uns zuhause. Meine Tante war zu Besuch, was uns alle sehr freute. Weiterhin war lediglich neben der Familie noch ein Ehepaar eingeladen. Je älter diese beiden wurden, desto weniger unterhaltsam wurden sie – und sie starteten schon recht niedrig. An diesem speziellen Abend hatten sie aus welchem Grund auch immer die Talsohle ihrer Unterhaltsamkeit erreicht. Irgendetwas stimmte nicht. Wir wurden regelrecht von ihnen getriezt, ich im besonderen. Der Tiefpunkt für mich an diesem Tag wurde erreicht, als ich während des Kaffeetrinkens auf ihre Bemerkung hin, dass der Kaffee zu kühl sei, eine Kanne frischen Kaffees aufbrühte und ihnen einschenkte, woraufhin sie meinten, na jetzt bräuchten sie keinen mehr, denn sie hätten ja schon welchen getrunken. Danach wurden wir alle für jedes Wort, das wir sagten, von ihnen mit Einsilbigkeit bestraft. Wir waren alle verzweifelt. Eigentlich waren wir eine lustige Runde, aber die beiden ließen jede Lockerheit blitzschnell ersterben. Wir waren frustriert. Nachdem meine Mutter, die auch kein Kind von Traurigkeit ist und lieber wie ein Wasserfall redet, statt den Moment mal Moment sein zu lassen, beschloss, sich in den Arbeiten der Küche zu ergehen, statt sich mit den beiden »angeregt« zu unterhalten, wurde es um so schwieriger. Denn wir hatten nun wirklich nichts mit den beiden zu besprechen. Wir versuchten es dennoch. Peut à peut leerte sich das Wohnzimmer. Die einsilbigen Antworten unserer Gäste, die jeden Smalltalkversuch veröden ließen, trieben erst meine Brüder, dann mich und letztlich meine Freundin in die Küche. Wir hatten plötzlich alle dort etwas zu tun. Selbst meine Brüder, die keinerlei Affinität für

Küche und die darin zu verrichtenden Tätigkeiten besitzen, waren dort und taten auch etwas. Sie wollten allen zeigen, dass sie in der Küche von Nöten waren, nur damit meine Mutter sie nicht wieder in die Höhle der Löwen zurückschicken würde. Ich fühlte mich ganz schlecht, dass unser Gast, meine Tante, nun den Prellbock spielen sollte und zauderte mit mir, ihr nicht doch zur Seite zu springen. Aber es kam nicht so weit, denn auch sie erschien schließlich in der Küche und fragte, was mit den beiden los sei. Was man sagte und fragte, man erhielt nur ein Ja oder ein Nein oder ein Naja. Aber nichts folgte, was ein Fortführen des Gesprächsansatzes möglich machte. Sie war verzweifelt und floh nun auch in die Küche.

Leider verfügten wir nicht über den von ihr so sehr geliebten Doppelkorn. Ich hatte aber zwei Flaschen Weinbrand im Kühlschrank kaltgestellt und dachte mir, das wäre doch ein guter Ersatz. Und so jagte ein Gläschen das andere. In der Küche standen nun alle Gastgeber und meine Tante. Und im Wohnzimmer saßen unsere zwei gesprächskargen Gäste … ganz allein. Die Küche ist ein wunderbar kommunikativer Ort. Alle, auch meine Tante waren so verängstigt und ratlos, wie mit den beiden Gästen umgegangen werden soll, dass wir einfach in der Küche blieben. Meine Tante und ich leerten auf diese Weise innerhalb einer dreiviertel Stunde fast zwei Flaschen Weinbrand. Es war ein toller Abend.

Für meinen Besuch bei ihr, so kündigte sie bereits im Vorfeld an, würde es frischen Zwiebelkuchen geben. Ich habe mich schon gesehen, wie ich meine Diätvorgaben nach allen Regeln der Kunst verbiegen, fast schon vergewaltigen würde, nur um maßlos viel von ihrem Zwiebelkuchen zu essen. Und damit ich dieser einmaligen exzessiven Sünde Ausgleich gebe, nahm ich auch meine Laufsachen mit. Sie wohnt gleich in der Nähe eines der für die Gegend bekannten

Kiefernwälder. Ich würde also die Zeit und die entsprechend schöne Strecke zum Ablaufen des Zwiebelkuchens und des konsumierten Alkohols haben.

Kaum dass wir ankamen, gab es natürlich einen schönen Doppelkorn, kühlschrankkalt. Und dann noch einen, denn der erste hat doch so gut getan. Eifrig wurden alle Neuigkeiten und die Reisedetails ausgetauscht, während meine Frau die Kindelein ins Bett schaffte. Ich danke ihr heute noch dafür. Ich meinte, ich müsste mich, um ihr bei dieser schweren Aufgabe zur Seite zu stehen, kurz loseisen.

Als ich wieder die Küche betrat, erwartete mich dieser Duft von Zwiebeln und Speck und gebackenem frischem Hefeteig. Wir aßen zu dritt die beiden Bleche Zwiebelkuchen, kippten einige ungezählte Flaschen Wein und ein paar Schnäpse in voller Lust und wankten nach einem wunderschönen geselligen Abend unter Bauchschmerzen, einen Darmdurchbruch erwartend ins Bett, wo wir uns unter Krämpfen in den Schlaf jammerten. Ich dachte mir dabei immer wie der sündigste Sünder, dass ich am nächsten Morgen alles wieder gut machen und schön meine Kilometerchen laufen würde.

Vor Brand und Hunger wachte ich am viel zu frühen Morgen auf. Perfekt. Ich könnte also noch vor dem gemeinsamen Frühstück laufen gehen. Großartig. Schwups, schlüpfte ich in meine Laufklamotten und zog meine Laufschuhe an, schlich mich leise aus dem Haus und lief in den leicht diesigen Morgen hinein. Es war wunderschön. Ich fühlte, dass ich eine riesige Ladung mit mir führte und dass sie abgearbeitet werden müsse. Vom Wein dröhnte mir der Kopf bei jedem Schritt ein wenig, aber das ließ sich aushalten. Herrlich, ich lief immer weiter in den nebligen Wald und dachte mir in meinem jugendlichen Leichtsinn bei jeder neuen Kurve, die auch noch mitnehmen zu müssen. Irgendwann war ich bereits eine Stunde vom Haus weggelaufen und ich dachte mir, ich müsse langsam zurück. Nicht nur weil ich das Pflichtbewusstsein verspürte, zum Frühstück wieder zurück zu sein, sondern ich spürte auch, dass mich da etwas früher oder später verlassen wollen würde. Ein natürliches Verlangen nach Erleichterung beschlich mich.

Ich drehte um und lief gemütlich zurück. Nach einigen Minuten spürte ich, dass dieses etwas, dass sich von meinem Körper entfernen wollte, wahrscheinlich der Zwiebelkuchen war. Und dieser wurde etwas nachdringlicher, was die Ankündigung seines Vorhabens anging. Nun gut, ich will ja niemanden von seinem Vorhaben abhalten. So beschloss ich einfach einen Zahn zuzulegen.

Ein neues Problem zeichnete sich ab, mit jedem Anzug des Tempos erhöhte der Zwiebelkuchen auch sein Drängen. Das missfiel mir allerdings. Denn langsamer dürfte ich nicht laufen, da ich bereits spürte, dass der Zwiebelkuchen keine weiteren 55 Minuten warten wollte. Es war aber eben auch so, dass wenn ich ihm zeigte, dass er nicht mehr so lang warten müsse, er gleich den ganzen Arm nehmen und noch früher seinen Befreiungsschlag vollziehen wollte.

Bei mir zierten mittlerweile neben den Laufschweiß-perlen, denn ich trug an diesem schwülen Morgen meinen langen Laufanzug, auch noch Angstschweißperlen meine sich vor Sorgen kräuselnde Stirn. Was sollte ich machen? Ich musste einfach durchhalten. Nun war es so, dass sich der auf dem Hinweg so positiv hilfreich bemerkbar machende Rückenwind auf dem Rückweg als gemeiner Interessensver-eitler erwies. Denn der Zwiebelkuchen freute sich sehr über die Hilfe des mir den Rückweg erschwerenden Gegenwinds, da dieser nun kühl auf meinen Bauch zog und dadurch den inneren Druck von außen verstärkte. Die Panik, ich würde es nicht bis nach Hause schaffen, tat ihr Übriges. Es stellten sich langsam Wehen ein. Ich musste einfach schneller laufen und hinten zu machen, anders ging es nicht.

Ich erhöhte die Frequenz und die Spannweite meiner Schritte. Das Fatale hierbei war, dass jedes Aufkommen auf den sonst so weichen Waldboden für mich eine Erschütterung unerhörter Stärke darstellte, die den Zwiebelkuchen Windung für Windung, Zentimeter für Zentimeter, Stück für Stück, Bissen für Bissen gen Ausgang trieb. Nach wenigen Minuten des Schmerzes und der panischen Angst war mir klar, ich schaffe es nicht.

Ich musste mir ein lauschiges Plätzchen für die Erleichterung suchen. Abgesehen davon, dass ich, wie gerne ich auch über Fäkalien in der Öffentlichkeit rede, keineswegs diese gerne in der Öffentlichkeit von mir gebe und der Wald sich unterdessen mit anderen Menschen meiner Gesinnung füllte, war es auch nahezu aussichtslos ein solches Plätzchen in einem hochgewachsenen Kiefernwald zu finden. Von einem Versteck konnte man hier an keiner Stelle reden, außer wenn es einem reicht, alles längs gestreift zu sehen. Die Kiefern waren hoch, aber ihre Stämme waren dünn wie Streichhölzer. Und die Verästelung und Benadelung begann erst in einigen Metern Höhe.

Ich wurde panisch. Ich wollte mir keinesfalls öffentlich Erleichterung verschaffen. Erst recht nicht unter den Augen der höhnisch über mich lachenden, Sportvater Jahn nacheifernden, selbstverliebten Tchibo-Joggingausrüstung kaufenden Waldbesucher. Das alles auch noch ganz ohne Paravent.

Endlich kam ein kleiner Seitenweg. Ich war erleichtert darüber, mir bald Erleichterung verschaffen zu können. Aber kaum hatte ich dieses Gefühl verspürt, durchmischten sie sich mit einem neuen, fast grausigen Gedanken. Wie würde ich abwischen? Die Hoffnung nach fester Konsistenz manifestierte sich in meinem Kopf. Ich lief noch ein Stück. Da war der Gedanke wieder. Wie sollte ich die Sauerei beseitigen? Die Hoffnung auf festen Stuhl bröckelte, denn das was sich da in meinem Inneren zusammenbraute, zeichnete Schlimmes und gab keinerlei Hinweis darauf, dass sich nur ein einziger Brocken als Ganzes hinausbegeben wollte. Der Wein, die Zwiebeln, der Speck, das ganze Gemisch hatte bestimmt soviel Säure gebildet, dass die Niagarafälle nur wie ein zähflüssiges Rinnsal dagegen erscheinen würden. Dieser Waldlauf sollte ein ganz spezieller Waldlauf werden. › Hey ‹, dachte ich mir. › Wie früher, Mann! Was bist Du nur für ein Waschlappen. Wir sind doch im Wald, da wischt man sich den Hintern mit Blättern ab. ‹ Nur … hier gab es keine Blätter. Nur lange Nadeln. Hätte ich nicht gewusst, dass, wenn ich jetzt in eine gebückte Haltung verfallen würde, alles sofort und völlig ungehindert den Körper verlassen würde, wäre ich bei dem Gedanken zusammengebrochen und am Boden zerschmettert. Wie widerlich würde es sein, unabgewischt nach einem Geschäft dieser Güteklasse weiterzulaufen. Wo würden sich die Reste hinbewegen? Ich hatte schließlich noch mindestens 45 Minuten zu laufen. Panisch nach einem Laubbaum suchend lief ich weiter. Aber nichts … es kam nichts.

Ich stellte mir vor, wie ich meinen Hintern an den grobrindigen Kiefern zum Säubern auf und ab bewegen würde und malte mir aus, wie ich das Missgeschick mit meiner bloßen Hand abstreichen und dann, mit einem dicken und lüstern aufblühenden Herpes an der Oberlippe, hektisch dieselbige in einem Nadelhaufen versuchen würde zu reinigen, um anschließend mit offenen und stuhlverschmierten Händen, um die grün glänzende Fliegen kreisen, zurück zu laufen. Ich wußte, dass das alles keine Optionen waren. Aber was wäre die Alternative?

Plötzlich … Da! Eine Eiche. Der stolzeste aller stolzen deutschen Bäume. Der einzige seiner Art hier im Wald. Mitten im Kiefernwald. Wie ein Zeichen. Eine Eiche. Tausende Jahre können sie alt werden, und mir würde sie auf meinem kurzen Lebensweg aus dieser bedrohlichen Misere helfen. Ich hastete an sie heran. Ich vermag dieses Glücksgefühl nicht in Worte zu fassen, das ich in diesem Moment der Entdeckung verspürte. Sie war da, um mir zu helfen. Zugleich plagte mich ein schreckliches Gewissen. Diese Eiche würde ich komplett plündern müssen, denn sie war keine eineinhalb Meter hoch. Dieses Symbol deutschen Stolzes, das sich in dieser Monokultur durchsetzen konnte, würde zum Poabwischen beraubt und geplündert, kahl gemacht werden. Sie würde nicht vom Wald besiegt. Nein, sie würde von mir in die Knie gezwungen. Zum Abwischen.

Es musste sein. Ich riss hastig die Sachen hoch. Dann griff ich an den Bund der Hose und wollte die Schleife lösen. Ich ergriff ein Ende der Schnur und zog. Wie es in dieser Situation kaum anders zu erwarten war, erwischte ich das falsche Ende und bildete somit einen festen unlösbaren Knoten. Verdammt! Die Zeit wurde knapp, denn der Zwiebelkuchen linste schon ums Eck. Jetzt darf nichts in der Hose landen, ich hab doch schon ein Plätzchen und Abwischmaterial. Der Knoten muss aufgehen. Ich zitterte schon, der kalte Schweiß lief mir den Rücken herunter. Während ich nervös am Knoten herumfummelte, den ich kaum sah, da mein Bauch sich dazwischen stellte – ich laufe nicht ohne Grund zu nachtschlafender Zeit im Wald herum – hob ich immer wieder ängstlich meinen Blick, um nach Stalkern Ausschau zu halten.

Es kam niemand. Also weitermachen. Ich wurde immer nervöser und zog den Knoten dabei immer fester. Nein so ging es nicht. Ich hatte keine Zeit, denn es kam doch jemand – der Zwiebelkuchen meinte, jetzt müsse es sein. Ich machte mich schlank und reckte mich in die

Länge wie Marilyn Monroe und schob nun die Hose unter Schmerzen über meine zarten Hüftknochen. Runter in die Kniekehle damit. Ich sprang förmlich in die Hocke und da schoss es schon aus mir heraus. Es floss und ergoss sich über den Waldboden. Zur Sicherheit stellte ich meine Füße doch noch ein Stück auseinander, aber es versickerte alles im lockeren Waldboden. Dann hob ich immer wieder wie ein ängstliches Erdmännchen den Blick, um nach anderen Läufern oder Waldbesuchern Ausschau zu halten. Aber es kam niemand. Der Zwiebelkuchen und das restliche Essens- und Getränkepotpourri des Vorabends waren raus und ich konnte mit dem Abwischen anfangen. Ich zupfte Blatt für Blatt von der stolzen kleinen Eiche und bat jedes mal um Entschuldigung, bis ich den ganzen Baum geplündert hatte. Der Besenstiel stand nun ganz blattlos vor mir. Ich wußte nicht, was ich hätte sagen oder denken sollen. Ich fühlte mich schuldig. Ich meinte, ich hätte den Stolz dieses Geschöpfes gebrochen. Aber diese Eiche hat mich gerettet. Sie opferte mir ihr Kleid für einen edlen Zweck.

Dank sei Dir Du stolze deutsche Eiche!

Blüte von Hawaii

——————————//——————————

Ich habe schon vieles über Hawaii gehört, das mein anfänglich verklärt romantisiertes Bild dieser Insel deutlich ins rechte Licht gerückt hat. Doch die heutige Erfahrung stellt alles was ich über Hawaii zu wissen glaubte deutlich in Frage.

Nach einer fürchterlich unruhigen Nacht wache ich um fünf Uhr morgens auf. Ich fühle mich, als hätte mich jemand mit einem Bambusrohr verprügelt. Nervös, als erwarte ich erneut Schläge, wälze ich mich im Bett. Meine Haut fühlt sich stumpf, taub und leer an. Um nicht meine noch neben mir schlafende Frau zu wecken, beschließe ich verfrüht aufzustehen und mich dafür mit einer etwas ausgedehnteren Dusche zu beruhigen. Das Wasser prallt jedoch einfach an mir ab, ohne dass ich irgendetwas spüre. In geistiger Umnachtung kommt mir ein Blitzgedanke. Ich nehme heute mal statt des parfümfreien Duschgels eines mit Duft, um meine Haut zu stimulieren und mich zu revitalisieren und riskiere damit Reizungen meiner Schleimhäute – ich zeige in der Regel allergieähnliche Symptome auf Parfüms. Aus Ermangelung eines eigenen bedufteten Duschgels greife ich nach einer kleinen Flasche, die meine Töchter in den Winterferien von unseren Gastgebern geschenkt bekommen haben, drücke mir eine angemessene Portion davon in die Hand und beginne die Lotion auf meinen stählernen Körper aufzutragen, als ich meinen fatalen Fehler bemerke und zusammenzucke. Ein penetranter schmieriger Geruch verbreitet sich und sticht mir in Nase und Mund. Ich nehme die Flasche in die Hand und lese » Die Blüte von Hawaii «.

Mit dem Verteilen höre ich unverzüglich auf und bin sofort ausschließlich damit beschäftigt, das Gel wieder von meiner Haut abzuwaschen. Meine Hände rutschen dabei allerdings nur wie auf einem Ölfilm herum. Die Substanz lässt sich nicht entfernen. Immer noch nicht bei Sinnen kommt mir nun ein vermeintlich besserer Gedanke. Ich nehme einfach ein anderes Duschgel mit Duft, das es schon richten wird. Gedacht getan, nehme ich also eine Art Zitrusduschgel meiner Töchter und reibe es wie besessen auf meine Haut und besiegele mein Schicksal nun vollends. Ich rieche nun wie ein jungmädchenromantischer Traum einer Südseeinsel, die in voller süßer Blüte steht. Ich spüre schon die ersten Reizungen in meinen Augen. Wie soll ich diesen Tag überstehen? Wie soll ich das meinen Zellengenossen auf Arbeit erklären, die ich seit Jahren darum bitte keine Parfüms aufzutragen, damit ich noch atmen kann, und die sich auch netterweise daran halten? Und jetzt komme ich, ein atemberaubendes Gebinde aus tropischen Kitschblüten. Wenige Augenblicke später bin ich im Problemlösungsmodus angekommen. Ich steige aus der Dusche und versuche mich durch physisches Einwirken der Duftstoffe zu entledigen, indem ich wie ein Wilder mit dem Handtuch auf mir herum schrubbe. Ich stinke immer noch. Jetzt greife ich zu drastischeren Mitteln. Ich lege einfach alle frischen Sachen wieder zurück in den Schrank und ziehe die Sachen vom Vortag an inklusive Unterwäsche, die eine Ganztagsbüroarbeitimprägnierung erhalten hat. Das kann kein künstlicher Duft übertünchen. Schnell gehe ich hinunter, um das Frühstück zu bereiten. Ich schließe die Tür auf und unser Hund begrüßt mich. Kurz. Wieso so schnell wieder weg? Ich begebe mich aus der Hocke wieder in die Senkrechte. Der durch das Aufstehen an meinen Oberkörper heranschnellende Pullover presst eine Wolke penetranten Duftes direkt in meine Nase. Klar. Der Hund hat auch Gefühle, die ich offensichtlich mit meinem Duft signifikant zu verletzen scheine. Nun gut. Ich bereite das Frühstück vor und merke, dass weder Rubbeln noch Altklammotten das Problem gelöst zu haben scheinen. Mittlerweile legt sich ein Film auf meine Zunge, als hätte ich eine Dose Nivea Creme gegessen.

Das verspricht ein ganz fürchterlicher Tag zu werden. Jede meiner Bewegungen hält mir meinen Fehler unter die Nase. Ich leide. Meine Kinder und meine Frau trudeln langsam ein. Eine nach der anderen rümpft die Nase und geht auf Abstand. Oh wird das ein schlimmer Tag. Bei Tisch beginnen die Witzeleien, ich solle doch den Hund wieder an seinen Platz bringen, damit er nicht bei Tisch bettelt, aber wenn ich einfach nur aufstehe würde das reichen, da der Hund dann schon von alleine zurückweichen würde. Ich habe mein Schicksal für den Tag verstanden und ergebe mich darin.

Nach dem Frühstück ziehe ich mich an. Jede Bewegung wird mir mit einem Duftstoß in die Nase quittiert. Ich radele schnell zum Bahnhof, um ins Schwitzen zu kommen. Der Schweißgeruch, auch wenn er noch so gering ist, wird es schon lindern. Ich steige in die Bahn und suche einen Platz in der Nähe eines Abiturienten. Die stinken sowieso alle so wie ich gerade, da fällt das nicht so auf. Aber auch darin habe ich mich geirrt. Er guckt mich kritisch an. ›Was für eine weichgespülte Bordsteinschwalbe ist das denn?‹ sagen mir seine Blicke. Kurz darauf setzt sich ein Schulkamerad dazu, der sich erst ungezwungen mit seinem Nachbarn unterhält, bis er sich vorbeugt, um aus seinem Rucksack ein angemessenes Abiturientenfrühstück – einen großen Beutel KitKat – hervorzuzaubern und dabei ins Stocken gerät. Er blickt kurz fragend von unten zu mir hoch und setzt dann sein Vorhaben fort. Er öffnet die Tüte und bietet seinem Kameraden an. Der andere nimmt an und beide nehmen dies zur Gelegenheit, mit einander tuschelnd ihre Schwulenphantasien über mich mit kleinen Blicken in meine Richtung auszutauschen. Reserviertes Lächeln und Schmunzeln. Ich werde steif und setze mein Buch fort, ohne eine Regung zu zeigen, ohne mich zu bewegen, damit ich auch ja nicht meinen betörend tropischen Duft in der Luft verteile. Meine Konzentration schwindet, vollkommen in Anspruch genommen durch die Verarbeitung der Duftinformationen und das Erleiden der allergischen Reaktionen. Die beiden wissen gar nicht, dass ich viel mehr leide als sie. Mittlerweile hat sich der Niveafilm in meiner gesamten Mundhöhle verteilt. Das Parfüm des Gels beginnt jetzt seine volle Wirkung zu zeigen. Die Nase schwillt zu, die Haut beginnt zu jucken. Ich atme nur noch flach, damit nicht noch die Lunge beginnt zu jucken – die kann ich ja schlecht kratzen. Die Augen brennen. Ich ersehne die Ankunft am Leipziger Bahnhof.

Wir fahren ein. Ich springe auf und bin, was ich sonst nie bin: der erste an der Tür. Nur raus hier. In Gedanken gehe ich schon den Wag zur Arbeit durch. Ja, da gibt es noch was, das bestimmt helfen wird. Ich springe aus der Bahn, laufe die Treppe hoch und stürze, sobald ich Grün angezeigt bekomme über die Straße zum Haupteingang der Westhalle des Leipziger Bahnhofs und inhaliere tiefe Züge der scharf nach Urin und sauer nach von Trinkfreuden der Punks der vergangenen Nacht zeugenden Erbrochenen stinkenden Luft. Ich genieße den Duft des echten Lebens. Ich schließe das Fahrradschloss auf und düse am Haupteingang zur Osthalle vorbei, halte bis dahin die Luft an, damit ich den Pisseduft auch dort in voller Wirkung einatmen kann. Ich will nicht einen Kubikzentimer dieser Luft ungenutzt an mir vorbeiziehen lassen, schließlich wird dies das letzte Natürliche sein, was ich für die nächsten Stunden zu riechen bekomme. Kurz schaffe ich dadurch, die Filme in meinem Mund zurückweichen zu lassen. Es ist aber nicht von Dauer.

Wie ein geprügelter Hund laufe ich nun die Treppe zu unserem Büro hinauf und schleiche mich an meinen Tisch. Dort verstecke ich mich und versuche nicht weiter aufzufallen, was mir gelingt. Meine Kollegen geben mir nicht das Gefühl, etwas gerochen zu haben, bemerken aber, dass irgendetwas mit mir nicht zu stimmen scheint, was auch nicht unleicht zu erkennen ist, da ich die ganze Zeit Abstand versuche zu halten und mich nur langsam bewege, damit so wenig wie möglich des Duftes von mir abfallen kann – Trägheitsgesetz, klar. Ich erleide Todesqualen, kann kaum atmen und bekomme Kopfschmerzen und leichten Schwindel. Im Laufe des Tages gehe ich immer mal wieder aufs Klo, um meine Geruchssinne durch Natürliches zu stimulieren, dabei warte ich darauf, dass gerade jemand die Örtlichkeit verlassen hat und ich damit das größtmögliche Abschöpfpotential habe.

Völlig erschöpft sinke ich heute abend zusammen. Es war ein anstrengender Tag.

Ich fasse zusammen, was ich aus der Geschichte gelernt habe:

Wenn Du nicht stinken willst wie eine thailändische Tempelnutte, vergreife Dich nicht an den Kosmetika Deiner Töchter – erst recht nicht als Vater.

Versuche Dich nicht eines Gestankes zu entledigen, indem Du einen anderen Gestank zu Hilfe ziehst. Kleiner Tipp an die Raucher, das gleiche gilt auch für Euch und Eure Atemerfrischer oder Pfefferminzbonbons. Das macht es immer nur schlimmer.

Wenn Du den Frühling spüren willst, denke immer daran, dass Frühling etwas mit natürlichen Düften zu tun hat und nicht mit Schmiermitteln aus einer dubiosen Flasche.

Bestätigt durch meine Frau: Ein Mann wirkt mit einem leichten Schweißton wesentlich attraktiver als mit dem Odor von Aldi-Bonbons.

Wenn Hawaii in Blüte steht, wird diese Insel bestimmt nicht von mir besucht.

Außerdem verstehe ich jetzt frisch gewaschene Hunde, die sich in Aas oder Exkrementen suhlen.

Aus dem Blog

—————————— // ——————————

Die Französin

Ein erläuterndes Vorwort, bevor ich meinen Blogbeitrag von der Französin mit Euch teile, soll mir gestattet sein. Ich pendelte 16 Jahre mit dem Auto, erst zwischen Halle und Merseburg, dann zwischen Lille und Condé-sur-l'Escaut an der französisch-belgischen Grenze, dann wieder zwischen Halle und Merseburg und schlussendlich – was dem Pendeln mit dem Auto den Stoß versetzte, der zu einem langen und qualvollen Tod führte – zwischen Halle und Leipzig, bevor ich dann aus Kosten-, Nerven- und Umweltgründen auf das Pendeln mit der Bahn umstieg. Zuletzt fuhr ich ein französisches Modell, was zu einer Kostenexplosion führte, auch wenn mir alle, die ich vor dem Kauf befragt hatte, versicherten, dass es da keine wirklichen Unterschiede gäbe. Aber kaum, dass ich das Teil hatte, rieten mir alle mit vor Schrecken vor den Mund gehaltenen Händen ab, obwohl es ja bereits zu spät war. Da zeigen sich die wahren Freunde.

Ich hatte mir vorgenommen, nichts darüber zu schreiben, da es doch so trivial und banal ist, besonders wenn ich es mit Erfahrungen meiner Kollegen, die deutsche Fabrikate fahren, vergleiche, die sich nicht unbedingt über Qualität freuen können, auch wenn sie das Gegenteil immer betonen. Aber so gründlich wie die Franzosen gehen die Deutschen eben doch nicht vor.

Als ich die Möhre kaufte, wußte ich, dass ich etwas Besonderes gekauft hatte, denn kaum vier Wochen nach Ablauf der Herstellergarantie ging auch gleich der elektrische Fensterheber kaputt und schwupps waren die ersten 400 EUR weg. Daran sollte ich mich im Laufe meiner Karriere mit diesem französischen Modell gewöhnen.

Und vor eineinhalb Wochen ereilte es mich eiskalt von hinten. Plötzlich ging mitten in der Fahrt auf der Autobahn – was besonders vertrauenserweckend ist – eine Warnleuchte an, die mir sagte, dass ich den Airbag überprüfen solle. Gut. Sie ging ja auch gleich wieder aus. Naja, wird schon nicht so schlimm sein. Kurz darauf ging sie wieder an. Naja. Sie ging ja wieder aus. Beim dritten Mal dachte ich mir, jetzt rufe ich doch mal meine Werkstatt an – eine freie, das versteht sich von selbst. Die sagte » Französisches Fabrikat? Elektronik? Komm nur nicht zu mir. « Gut, dachte ich mir, das leuchtet ein.

Am nächsten Morgen begrüßte mich beim Starten der noch stehenden Klapperkiste ein laufendes Radio, das auch gleich meine Aufmerksamkeit erhielt – wie konnte das sein. Nun gut, die Franzosen lassen sich immer was Neues einfallen, um einem den Tag zu versüßen. Dann startete ich liebevoll die Feile und ein freundliches » Bremssystem defekt « verzückte meinen Blick. Nun, praktisch wie ich bin dachte ich mir, ich rolle mal aus der Parklücke und teste, ob da was dran ist. Und siehe da, die Bremsen funktionierten. Ich fuhr also zur Arbeit. Mittags wollte ich meine Einkäufe im rollenden Misthaufen abladen und wieder begrüßte mich fröhlich tingelnde Musik. Langsam wurde ich stutzig und schaltete des Fahrzeugs Radio ab. So, jetzt kann's nicht

mehr dudeln. Ich schloss also beherzt meinen täglichen
Leidensbegleiter ab und wankte voller Enthusiasmus Richtung Arbeitsplatz. Ach, was soll ich sagen, als ich abends
nach sechs und das auch noch am Freitag wieder zu meiner
Schüssel wankte, schloss ich das Fahrzeug müde nach einer
anstrengenden Woche auf. Dann wollte ich sie – Autos sind
in Frankreich weiblich, und so wollen sie scheinbar auch
behandelt werden – starten. Und da hatte es mich. Alle
Anzeigen, wenn auch nur matt, blinkten und zuckten als
wären wir im Stroboskoplabor. Die Scheinwerfer flackerten
kurz. Ich stellte schnell die Zündung aus, aber das Miststück
machte sich nichts draus. Es war einfach mal Discozeit.

Ich stieg schleunigst aus, um der Explosion dieser
Zeitbombe aus einem anderem Blickwinkel meine Aufmerksamkeit zu schenken. Aber der Knall blieb aus. Es konnte ja
nur die Batterie sein und schon zog ich den gedanklichen
Faden zum laufenden Autoradio, zum Airbag und dem
Bremssystem. Der Gedanke war gefasst. Der Batterie musste
auf die Spünge geholfen werden.

Ich versuchte Passanten anzusprechen, um sie für
eine kleine abendlich sportliche Sprint-Last-Sportübung
zu begeistern. Aber ich kam nicht einmal zum Wort An-
schieben. Alleine mein Fingerzeig auf die Beule und sie lie-
fen von dannen, als hätte ich die Pest. Naja, ich hatte eine
Franzette da stehen. Das war's vielleicht auch schon. Ich
rief verzweifelt einen Kollegen an, der sich netterweise aus
dem Büro aufmachte und mir tatsächlich half. Aber nach
drei Versuchen, die 1,5 Tonnen Altmetallsammlung bis zum
Starten anzuschieben, gaben wir auf und erblickten zugleich
ein Autohaus. Licht war auch noch an. Behende lief ich zur
Werkstatt, in der ein fleißiger junger Mann mir auch gleich
mit einem süßlichen Lächeln nach dem Erwähnen der Automarke seine Hilfe anbot. Schwups und schon war die Ka-
chete wieder am Schnurren. Puh, das hätten wir.

Nachdem ich feststellen musste, dass sich die Elektronik in ihrem Inneren nicht abstellen ließ, übte ich mich im Batterieab- und -anklemmen. Das hab ich jetzt drauf.

Am nächsten Morgen fuhr ich damit auch schon sofort zur Französinnenwerkstatt meines Vertrauens. » Oh, bei Ihnen ist ja noch alles möglich « meinte der Werkstattchef, als er sich mal die Liste der Rückrufaktionen für meine Fahrzeugausführung im Rechner anschaute, die aus ca. sechs Einträgen bestand. Ich fragte gar nicht, was das alles sein sollte, aber bei allen sechs, versicherte er mir, handele es sich um Elektronikrückrufe. Augen zu. Er machte mir Hoffnungen, dass es eines dieser Dinge sein würde und dass ich nichts bezahlen werden müsse. Ich war misstrauisch und das zurecht, wie sich am Montag gleich herausstellte.

Er rief an und meinte, mein Fahrzeug stünde unter Wasser. Ich widme mich jetzt nicht genaueren technischen Details, besonders weil ich sie selber nicht verstanden habe, wofür der Kollege auch sorgfältig und gewissenhaft durch geschicktes Jonglieren mit Fachbegriffen und unverständlichen herstellerspezifischen Abkürzungen gesorgt hatte, aber es wurde das übliche Eintrittsgeld meiner Vertragswerkstatt des Vertrauens in Höhe von 400 EUR aufgerufen. Geübt im Geldbörse ziehen zuckte ich kaum, als ich die Summe hörte. Schließlich mutmaßte ich bereits zwei Tage vorher, dass mich dieser Besuch mindestens soviel kosten würde. Kaum waren zwei Stunden vergangen, erhielt ich wieder einen Anruf und schon waren wir bei 600 EUR. Dabei erwähnte er, dass das liebliche Stück ein paar Tage dort bleiben müsse und so guckte ich schon mal auf meinem bereits stark geschröpften Konto nach, ob ich denn die zu erwartenden Summen, wenn sie denn im Stundentakt weiter steigen würden, denn auch aufbringen könnte. Noch war etwas da.

Es war nun so, dass das eingedrungene Wasser sich unter dem Beifahrersitz einfand, um den dort befindlichen für Airbags, Sitzheizung usw. zuständigen Stecker regelmäßig zu Kurzschlüssen zu inspirieren. Der Meister meinte, ich könne mich glücklich schätzen, dass ich nicht abgefackelt wäre oder die Airbags losgegangen seien. Och, ich dachte mir, gegrillt auf meiner Sitzheizung gefunden zu werden wäre doch auch ein schönes Ende.

Gut, die Freunde haben es behoben, mich während der gesamten Dauer angepflaumt, als ich wissen wollte, was denn genau mit der Mistratte wäre und wann sie fertig gestellt würde – welch impertinente Person ich auch bin. Nun, nach eineinhalb Wochen, in denen ich mich intensiv mit dem Befreiungsschlag vom Automobil an sich beschäftigte, hatte ich die Mühle wieder. Da waren sie auf einmal wieder ganz nett. Klar haben ja Kohle von mir bekommen. Es fuhr sich auch ganz gut wieder, so mit trockenen Füßen und ohne Kurzschlussgefahr unterm Hintern.

Aber meine Knaller aus der Werkstatt haben mir als Dank dafür, dass ich ihnen für das Zerpflücken meines Misthaufens ein gefühltes Vermögen gezahlt habe, noch ein kleines Überraschungsei gelegt.

So geschah es, dass als ich heute in die Rotztonne einstieg, mich ein Duft ereilte, der mir im ersten Augenblick den Gedanken »Oh, der riecht aber schön nach Neuwagen« und dann plötzlich die Erkenntnis »der roch doch vorher nicht nach Neuwagen« in den Kopf schießen ließ, denn es handelte sich um einen beißenden, nach konzentriertem Spülmittel stinkenden Wohlduft des Frühlings. Ich dachte, jetzt hackt's wohl. Sofort wußte ich, wo ich nachgucken durfte. Im Kofferraum stand bzw. lag ein 5l-Kanister Waschanlagenspritzwasserfrostschutzmittelgemisch, der mittlerweile nur noch knapp ein Drittel inne hatte.

Die duften Typen mit dem Schraubenschlüssel hatten sich wohl gedacht, dass sich so ein Ding selber verschließt, nachdem sie mein Fenstereinigungswasser aufgefüllt hatten.

Jetzt kann ich bei 12 °C mit weit runtergefahrenen Scheiben – den anfänglich erwähnten Fensterheber habe ich natürlich reparieren lassen – über die Autoahn düsen und mir eine Lungenentzündung holen oder ich mach die Fenster zu und inhaliere diese gesunde Mischung aus synthetischen Duftstoffen und Frostschutzmittel.

Zu spät

Es gibt einige Dinge, die mich fuchsteufelswild machen. Und eines davon ist, wenn jemand zu spät kommt. Aber eine Ausnahme gab es.

Wir planten ein spätes Frühstück gemeinsam mit einem befreundeten Pärchen. Ein Pärchenfrühstück, och Gottchen wie süß. Zu dieser Zeit waren wir noch kinderlos … ich muss mich bremsen, nicht dass ich noch ins Schwärmen komme.

Wir wollten also zu viert frühstücken. Ich bin Frühaufsteher. Ein bisschen verkrampft vielleicht. Dogmatisch wie ich bin, halte ich also bis zum Eintreffen des Besuches durch, ohne etwas zu essen. Der fallende Blutzuckerspiegel lässt meine Laune nicht unbedingt steigen, aber in Erwartung dieses Besuches kann man nicht schlecht gelaunt sein und so nehme ich mir vor, bestens gelaunt zu bleiben. Eine halbe Stunde vor geplantem Eintreffen bekommen wir die Information, dass Lasses Freundin ein bisschen später kommt. Spontanen Planwechseln gegenüber bin ich grundsätzlich aufgeschlossen. Aber wenn der Hunger schon an meinen Nerven nagt, ist das schwer auszubalancieren. Besonders schwer fällt es mir bei Lasse.

Lasse ist mein Freund. Wenn jemand ein- oder zweimal zu spät kommt, löst das bei mir nichts Tiefgreifendes aus. Meine Emotionen werden eher beim programmatischen Zuspätkommen befeuert. Lasse ist ein programmatischer Zuspätkommer. So ein klinischer Fall wie ich muss sich auch genau solche Leute auf seinem Lebensweg aussuchen. Vielleicht ist es auch eine Art Hassliebe, eine Art masochistischer Trieb. Vielleicht ist es aber auch eine Art Versuch sich selbst zu therapieren – Konfrontationstherapie. Alle, die meine Musik schon kennen, sollten bereits über mein Leiden Bescheid wissen. Das Thema eines meiner Songs konzentrierte sich auf dieses Thema anhand des Beispiels meines Freundes Lasses. Lasse wusste meine Geduld ganz besonders auf die Probe zu stellen. Lasse wusste die Geduld Aller besonders auf die Probe zu stellen. Nur die, die außerordentlich biegsame Toleranzgrenzen hatten, konnten den Umgang mit Lasse dauerhaft aushalten. Und zu meinem Erstaunen gab es davon sehr viele, denen ich meine Bewunderung aussprechen muss. Seine damalige Freundin litt, täglich, immer. Ich litt auch, aber nur an fünf Tagen der Woche, während der Vorlesungszeit. Aber das hatte mir mehr als zu schaffen gemacht.

Ich lernte Lasse während meines Studiums kennen. Wir hatten beide den gleichen langen Weg zur Hochschule. Da wir nur wenige Straßen voneinander entfernt wohnten und jeder ein Auto hatte, aber deswegen chronisch klamm war, lag es nahe, sich zusammenzutun und abwechselnd zu fahren. Und so begann diese verhängnisvolle Affäre. Während ich Leute sehr ungern warten lasse, scheint es Lasse wenig zu tangieren, dass andere wertvolle Lebenszeit beim Warten auf ihn verlieren.

Eines Winters beispielsweise:

Auch wenn ich Frühaufsteher bin, fällt es mir schwer, bei Dunkelheit meinen Weg aus dem warmen Bettchen zu finden. Ich tu's trotzdem. Schnell, nur damit mein Mitfahrer nicht warten muss. Also, zack in die Klamotten. Essen kann ich mir dann ja in der Hochschule schnell zum Einkaufspreis besorgen. Ich hüpfe runter zum Auto. In time. Das Auto springt an. Alles gut. Ich düse los. Ich treffe pünktlich wie verabredet bei Lasse vor der Tür ein. Ich warte. Ich warte. Immer noch warte ich. Kein Lasse in Sicht. Fünf Minuten vergangen. Zehn Minuten vergangen. Ich springe aus dem Auto und laufe zur Klingel. An der Gegensprechanlage höre ich Lasses Stimme ein vorwurfsvolles » Hättest Du nicht geklingelt, wäre ich schon fast unten « muffeln. Ich akzeptiere, dass ich an seiner Verspätung schuld bin und gehe zufrieden, dass er nun kommt, wieder zurück zu meinem Auto und warte hinter'm Lenkrad. Weitere Minuten vergehen. Ich beginne zu beben. Plötzlich sehe ich doch Lasses Silhouette. Er kommt im lässigen Westernschritt die Einfahrt entlang geschlendert, seine Tasche locker geschultert. Ich starte den Motor. Er dreht kurz vorm Auto ab und schlendert einfach an mir vorbei. Langsam geht es schon nicht mehr darum, dass ich hier auf ihn warten muss, sondern dass wir auch drohen zu spät zur Vorlesung zu kommen, oh nein. Er geht einfach weiter. Soll das eine Art Hasche werden? Nein. Er schlendert ohne großen Eifer zum Bäcker an der Ecke und sucht sich dort ohne Eile an der Theke zurecht. Ich fahre ihm nach, da wir sonst noch Zeit für seinen Rückweg zum Auto verlieren. Er kommt aus dem Bäcker. Ich bin glücklich. Jetzt geht es los. Pusteblume. Er biegt wieder ab. Jetzt zum Tante Emma Laden gleich daneben. Auch da zeigt Lasse keinerlei Hast. Bei mir hebt sich die Schädeldecke. Nein Ralf, du flippst jetzt nicht aus. Das ist Lasse. Wir lieben ihn, eben weil er so ist. – Tu ich das? – Er kommt heraus geschlendert. Und tatsächlich. Ich konnte meinen Sinnen nicht trauen, als ich finalemente den Türgriff klacken hörte und die Tür aufgehen sah. » Was soll denn das hier? Ich hab hier ne Viertelstunde gewartet. Was soll das? « Er antwortet in gelassenster Stimme, als wäre ich bei ihm wegen meines psychischen Leidens in Behandlung » Ich brauchte Brötchen und was zu trinken, willst Du wirklich, dass ich nichts esse? « – natürlich wollte ich das nicht, aber das hätte man ja auch anders arrangieren können – und setzte hinzu » Hättest doch schon mal den Motor anschmeißen können? «, den ich, um Benzin zu sparen wieder abgestellt hatte. Verdammt, jetzt war ich wieder schuld.

Solche bühnenreifen Stücke präsentierte Lasse immer wieder. Und seine Freundin hackte auch regelmäßig auf ihm wegen seiner Trödelei herum. Um so leckerer schmeckte ihm das Lachsbrötchen, das es ihm war, als seine Freundin einmal zu spät kam.

Seine Freundin wollte nun noch vor dem Pärchen-frühstück einen Termin erledigen und dann nachkommen. Als Lasse bei uns eintraf, vermeldete er, dass sie grundsätzlich pünktlich kommen könnte, wenn sie sich nicht auf dem Weg von sich zu uns verlaufen würde, wovon er hundert-prozentig überzeugt war, da er meinte, sie hätte keinerlei Orientierungssinn und sie sich in ihrer eigenen Straße ver-laufen würde, wenn er nicht dabei wäre, weswegen er mir im Vorab mitteilen wollte, dass sie später komme, da ich da ja wohl immer so krampfig wäre, worauf ich ob die-ser infamen Unterstellung zugleich krampfig wurde. Wir waren eine gute Stunde beim Frühstücken, als Lasse einen verzweifelten Anruf von seiner Freundin bekam, indem sie ihn bat, nochmal zu erklären, wie sie denn zu uns kommen könnte. Hier bewiesen sich die Qualitäten seiner unglaub-lichen Ruhe. Er erklärte ihr nochmals detailliert den Weg – wir reden hier von wenigen Straßen im selben Viertel.

Nach einer weiteren halben Stunde erhielt er noch einen Notruf. Mittlerweile war sie wieder zu sich nachhause gegangen, weil sie sich verlaufen hatte. »Bis wohin bist Du denn gekommen?« als wäre er der Arzt und erfrüge ihre Beschwerden. »Wie soll ICH das denn wissen!« antwortete sie entrüstet, was man bestens durchs Telefon hören konnte, da sie sichtlich aufgeregt war – sie wohnten schon einige Jahre dort. »Was hast Du denn wiedererkannt? Du hast es ja irgendwie wieder nachhause geschafft« meinte er ohne auch nur die geringste Miene zu verziehen. Anscheinend hatten sie dieses Spiel schon einige Male durchgespielt und er hatte jetzt die Möglichkeit sich als Vollprofi zu beweisen. Es stellte sich heraus, dass sie es tatsächlich nur bis in die Parallelstraße geschafft hatte, um dort schon die Orientierung zur Verfolgung der Wegbeschreibung zu verlieren. Er erklärte ihr nochmals ganz genau, was die auf der Wegbeschreibung niedergeschriebenen Eckpunkte und Richtungsweisungen zu bedeuten hatten, während ich mich frug, ob das nicht ein abgekartetes Spiel sei, das zu unserer Unterhaltung aufgeführt wurde. Also gut, sie fasste neuen Mut und startete somit einen neuen Versuch. Weitere 30 Minuten später rief sie wieder an. Diesmal wirklich verzweifelt. Sie schien sich nun vollkommen verlaufen zu haben, denn sie fand noch nicht mal mehr den Weg wieder zu ihrer Wohnung zurück. Lasse blieb ruhig und wollte ihr nun erklären, wonach sie Ausschau zu halten hätte, um ihm zu erklären, wo sie denn sei, damit er ihr den Weg von dort entweder zu uns oder zu sich nachhause erneut erklären könnte, darauf ankommend, wo sie sich befinde. Nach geschlagenen fünf Minuten am Telefon zu einer Zeit als Handykosten wirklich noch ins Portemonnaie schlugen, fanden sie heraus, dass sie in die entgegengesetzte Richtung geirrt sein musste. Ich stellte die Frage, wie sie sich überhaupt zurecht finden könnte, sonst so. Daraufhin meinte Lasse, das Telefon zuhaltend, sonst wäre sie mit dem Auto unterwegs, da stelle sich dieses Problem nicht. Das Problem bilde sich nur bei ihr als Fußgängerin heraus. Ich schlug daraufhin vor, dass sie dann doch einfach das Auto nehmen solle und begann herzlich zu lachen. Lasse fand die Idee, wenn auch lachhaft, doch recht gelungen und schlug ihr daraufhin vor, einfach das Auto zu nehmen. Sie akzeptierte. Sie musste nur wieder zurück zur Wohnung finden. Lasse erklärte ihr nun den Weg von ihrem Aufenthaltspunkt zur Wohnung. Sie meinte, sie fände das nicht. Er widersprach mit Trainerstimme, was Wirkung zu zeigen schien. Denn nach ca. 15 Minuten war sie bei uns angekommen. Wir waren alle glücklich und konnten alle über dieses Ereignis herzlich lachen.

Was sich allerdings ein paar Tage später herausstellte war, dass seine Freundin von der letzten Stelle aus nicht nachhause gegangen war, sondern sich ein Taxi hatte kommen lassen, das sie zu sich nachhause chauffierte, um dort in ihr Auto umzusteigen und den Rest selber zu fahren.

Dass sie uns das letzte Detail verheimlichte, kann ich bestens verstehen. Ich kann jedoch bis zum heutigen Tage nicht verstehen, wie das Gehirn eines Menschen so funktionieren kann, dass er den Weg anhand einer detaillierten Wegbeschreibung – ich habe sie gesehen und kann bezeugen, dass sie so fachmännisch geschrieben war, um jedes Missverständnis auszuräumen – zu Fuß nicht zu finden in der Lage ist, mit dem Auto aber auf Anhieb ins Schwarze trifft.

Die Natur ist ein Wunderding.

Service

Da komme ich in meiner Mittagspause in den Discounter meines Vertrauens, um eine Packung Espresso zu kaufen und sehe schon beim Eintreten, dass der Kassenbereich sozusagen entleert ist, was mein Herz natürlich wie einen Olympiaspringer beim Erringen der Goldmedaille höher hüpfen lässt, denn ich würde, sobald ich meine Packung Espressomehl ergriffen hätte, sofort zur Kasse stürmen und in Rekordzeit diesen trostlosen Ort wieder verlassen haben.

Ich laufe also voller Enthusiasmus los wie ein kleiner Junge, der von Mama einen Groschen bekommen hat, um bei Tante Emma einen Himbeerdrops zu erstehen und damit seine Woche zu versüßen und ergreife meine Packung ohne weiteres Abwägen, welchen Espresso ich mir für mein Handgeld gönne. Jeder der mich kennt weiß, dass ich kein Mensch schneller Entscheidungen bin. Ich lege einen Sprint zu Kasse hin, sodass die Blätter des Basilikums in der Gemüseabteilung nicht standhalten.

Doch kaum biege ich um das Regal mit dem Powersaugerdauerwerbefilm, erblicke ich einen Mann, der sich in mittäglicher Ruhe Richtung Kassenband schiebt. Keine Möglichkeit sich noch vor ihn zu drängen, ohne dabei einen Krisenherd zu schaffen, der Opfer wie in Algerien fordern würde. Nein, ich würde mich hinter ihm anstellen müssen, was mir auch nicht schwer fiele, denn er hat ja nur ein paar Kleinigkeiten. Der Gute nutzt aber nicht die Freiheit des Kassenraums, um mit von mir gewünschter Geschwindigkeit das Objekt zu verlassen. Nein – er fühlt sich wohl hier im Supermarkt und legt seine Güter auf das Band, und zwar auf's letzte Ende. Aus meinem Rekord wird wohl nichts.

Die Kassiererin guckt genauso verdutzt wie ich scheinbar auch. Der Mann will seinen Service und zwar den ihm in
maximalem Maße zustehenden Service des Transports seiner
noch nicht bezahlten Waren. Und würde diese Bedienstete,
dieser Lakai, diese Sklavin des Kapitalismus sich weigern,
die Waren per Fußdruck auf die Bandbeschleunigungstaste
unter der Kasse zu sich zum Kassieren zu befördern, würde
er einfach sein Geld nicht in diesem Geschäft lassen.

Er reckt also sein Haupt nach oben, riecht dabei wie
vier Wochen nicht gewaschen, wartet in einer Engelsgeduld
darauf, dass das Kassenband seine drei Habseligkeiten in
0,1 km/h Richtung Kassiererin transportiert und beginnt, in
gleicher Geschwindigkeit – mit großen Mühen, so langsam
zu gehen – neben seinem Einkauf mit zu schleichen.

Ich war glücklich und freute mich für ihn. Leid tat
mir allerdings ein bisschen, dass die Kassiererin auf seine
mehrmals wiederholte Rhetorik » Ach, jetzt weiß ich, was
ich vergessen habe « nicht eingehen wollte, was irgendwie
auch verständlich war, denn auch ich wollte zügig weiter.
Aber, hätte sie nicht doch nachfragen oder wenigstens anbieten sollen, mit dem Abkassieren zu warten, damit er noch
schnell das Vermisste heranschaffen kann?

Fazit: Wie klein ein Mann in unserer Dienstleistungs-
gesellschaft auch ist, er hat ein gottgegebenes Recht auf In-
anspruchnahme des kompletten Dienstleistungspaketes am
Warenbeförderungsband.

Wir essen, was wir kennen

Wer kennt ihn nicht, den Gang zu Supermarkt, um reifes Obst und frisches Gemüse zu kaufen. Enthusiastisch geht man noch ins Geschäft, doch dann kommt der Hammer der Realität. Die Preise sind in Ordnung, nur die Ware nicht. Entweder noch völlig grün oder verschimmelt. Aber manchmal hat man Glück.

Ich hatte heute Glück. Ich fand doch tatsächlich eine Mango, die nicht grasgrün und hart war. Nein, sie war rötlich gelb und saftig weich, ohne die obligatorischen schwarzen Gammelstellen. Ich wusste sofort, das ist meine Mango.

Aber die Menschen sind verschieden. Das kann man einfach mal so sagen, ohne dass man jemanden damit verletzt.

Ich bin anschließend an meine Lieblingskassiererin geraten. Sie ist nicht im qualitativen, sondern eher im denkstoffgebenden Sinne mein Liebling. Ich habe auch einen qualitativen Liebling, der jedes Produkt sorgfältig auf Schäden und Vollständigkeit prüft und beim Scannen die Ware dem Kunden so weit wie möglich zuschiebt, teilweise sogar in den Wagen legt, dabei peinlich darauf achtet, dass die Ware entsprechend der Gruppe geordnet wird, sodass z.B. Kühlware zu Kühlware kommt und matschaffines Gemüse zu anderem matschaffinem Gemüse.

Meine Amüsementkönigin ist hingegen nicht so. Sie legt die gescannte Ware genau neben die Laser-/Wagefläche, nur um dem Kunden ja nicht zu weit mit dem Weiterrücken der Ware entgegen zu kommen. Er soll schließlich nicht noch das Gefühl bekommen, er sei der König, wie es ein Sprichwort fälschlicherweise besagt. Dabei nimmt sie auch gerne aufgrund der Verrenkungen, die sie anstellen muss, um die unter ihren Armen aufgestapelten Waren nicht umzustoßen oder zu zerdrücken, um weiter zu kassieren, einen Tennisarm in Kauf. Sie ist auch eine Königin der Kommunikation. Wenn man den ganzen Tag an einer piepsenden Maschine sitzt, freut man sich doch über ein nettes Wort von einem Kunden, abgesehen davon, dass es auch Kunden gibt, die einen anpflaumen. Zur letzteren Kundengruppe gehöre ich nicht. Und sie gehört auch nicht zu den Kassiererinnen, die sich über ein nettes Wort freuen. Sie mault nur vor sich hin.

Doch heute blitzte sie auf. Was war? Ich zuckte erschreckt zusammen und stellte mir die Frage, ob ich unabsichtlich einen Betrugsversuch unternommen habe? Sie wurde ganz hektisch und drehte meine Mango in der Hand herum. Was war? War meine Mango schlecht? Sie murrelte irgendwas vor sich hin, wie »Was ist … Ist das … « Sie zuckte, drehte sich von rechts nach links, war schon am Mikrofon, um ihre Kollegin zu rufen. So lebhaft hatte ich sie nie zuvor erlebt. Dann ließ sie wieder vom Micro ab und nahm die Frucht nochmals in die Hand und drehte sie wie Michael Douglas den grünen Diamanten. Ich wusste immer noch nicht, was los war. Und plötzlich entdeckte sie einen kleinen Aufkleber auf der Frucht und sprach laut und deutlich: »AH, DAS ist eine MANGO!« Als sie mir das Obst schließlich überreichte, warf ich ganz verstohlen einen Blick auf diesen Aufkleber auf dem stand: Mango.

Es ist erschreckend, was der Reifezustand einer Frucht in uns anrichten kann. Ich konnte bis zum jetzigen Zeitpunkt die sich mir stellende Frage noch nicht klären, ob sie nicht wußte wie eine Mango aussieht, also grundsätzlich was für eine Frucht sie in den Händen hielt, oder ob sie einfach nur vom veränderten Aussehen der Frucht durch ihren Reifezustand irritiert war.

Fazit: Es sollte dringend darauf geachtet werden, dass man in der Lebensmittelkunde von Supermarktmitarbeitern bei veränderlichen Produkten wie Gemüse & Obst auch die Veränderlichkeit des Zustands lehrt und wenn möglich auch Anschauungsexmplare herumreicht.

Film ab

Es ist mir schon oft einiges an Idiotie untergekommen, manches wahrscheinlich bedeutend garvierender als das, wovon ich im Folgenden berichten werde. Die Gattung »Wertvolle Autofahrer« ist eine ganz besonders bemerkenswerte.

Ein ehemaliger Kollege hatte sich aus sportlichem Anreiz im regulären Straßenverkehr ein kleines Schiebeduell mit einem gleichrangig hubreichen oder gar hubreicheren Fahrzeug geleistet und im entscheidenden Augenblick die Courage besessen, etwas für sein sportliches Ziel zu investieren und sich um dem Spiel ein Ende zu setzen seine Vorfahrt durch einen sportlichen Lenkradhieb zur Seite zu erstreiten. Dies führte zu einer meiner Meinung nach teuren Vorfahrt, aber es geht eben um den sportlichen Gedanken. Diese Begebenheit ist gewissermaßen unterhaltsam und wie eben gesagt sportlich und damit auch bedingt nachvollziehbar, was aber durch das im Folgenden beschriebene Ereignis überboten wird, das exemplarisch ist für Menschen, die auf dicke Hose machen und sich dafür einen Audi, Mercedes, BMW zur Unterstützung zulegen.

Da liege ich doch an meinem Ehrentage zur mittäglichen Ruhe auf meinem Gründerzeitsofa bei einem bei 70°C aufgegossenen grünen Tee edlerer Sorte und versuche mich von den gesellschaftlichen Verstrickungen vergangener Tage zu entspannen sowie das zugegebenermaßen kühle aber sonst doch recht adäquate Feiertagswetter zu genießen, als ich plötzlich von einem herannahenden Motor oben zuerst genannter Automarke – begleitet von einem einminütigen Hornexzess – aus ebendieser Ruhe gerissen werde. Ich – wenig neugierig wie ich bin – suchend nach der Antwort, welch unerhörte Begebenheit wohl jenen Menschen zu seiner ungewöhnlich langen lauten Tat hinriss, lief schnurstracks zum Fenster hin und blickte auf die wundervoll von Sonne und Frühlingsgrün geschmückte Straße, um was zu sehen? Ein Audigefährt auf seiner rasanten Fahrt durch das kopfsteinpflastergeprägte Viertel gebremst durch ein Paketdienstauto, das es sich tatsächlich erlaubte, für kurze Zeit in der Mitte der Straße zu halten, um dem faulen Bestellerpack dessen Bestellungen auszuliefern, weil rechts und links keinerlei Abstellmöglichkeit für das Fahrzeug zur Verfügung stand. Wir alle wollen es, schön fett auf dem Sofa sitzen und dort mit unserem neuen iPad auf dem Schoß die bescheuertsten Sinnlosigkeiten bestellen, dabei aber ja nicht darauf achten, Bestellungen zu sammeln. Nein DHL, GLS und DPD können ruhig jeden Tag für jedes Produkt einzeln für mich antanzen. Das wollen wir doch alle, oder? Aber steht dann mal so ein Fahrzeug in unserer Straße, die wir mit unseren Erst-, Zweit-, Dritt- usw. -fahrzeugen zugestopft haben und wir kommen mal für eine Sekunde nicht weiter, sterben wir doch schon den Herzkaspertod.

Ich war jedenfalls gespannt, was für ein Schimpanse das wohl sein mag, der da seiner Freizeitbeschäftigung keinen Einhalt gebieten wollte. Und tatsächlich, nach wenigen Sekunden der Stille nach dem Hornen, die er wahrscheinlich benötigte, um sich aus den Fesseln seiner Gurte, den Verkabelungen seines Bluetoothheadsets und seines am Oberarm befestigten Blutdruckmessers zu befreien, schnell noch den Hosenstall schließend, denn auf dem Navidisplay lief bestimmt irgendein Erotikstreifen – er kennt ja das Viertel in- und auswendig, was braucht er da noch Navigationsanweisungen – hebt dieser weißbärtige Pfannkuchensaurier sich aus dem Fahrzeug, was mühselig knarkst, geht still eine Tür nach hinten, öffnet diese und beweist nun der ganzen Straße, dass er, jawohl er der wohl dämlichste Zweizeller in ganz Halle ist und es mit größter Entschlusskraft beweisen will und holt doch seinen Digicamcorder mit Klappdisplay von der Rücksitzbank und belohnt mich nun für all die Pein, die ich gerade erleiden musste. Er stellt sich auf, als wäre er das Stativ, es fehlte nur das dritte Bein, es war jedenfalls nicht ausgestellt. Filmt, wie das DHL-Fahrzeug mit Warnblinker steht.

Und Action!!!!

Gekonnt, bei Spielberg abgeguckt, bewegt er sich wackelfrei von links hinten zur Mittelachse, blubbert noch den herannahenden Fahrer an und hält für die Nachwelt das Wegfahren des Fahrzeugs auf digitalem Speichermedium fest. Ab Sommer im Kino.

Applaus!!!!!!!

Auf Kriegsfuß mit Amsterdam

Gebranntes Kind scheut das Feuer, heißt es so schön. Und so geht es mir mit sologastronomischen Erfahrungen in Amsterdam.

Seitdem ich hin und wieder im Rahmen meiner Arbeit nach Amsterdam reise, komme ich immer auch in den Genuss, diese Stadt ein kleines bisschen kennen zu lernen. Amsterdam ist eine wunderbare Stadt, mal abgesehen vom dauerachselfeuchten Beneluxwetter.

Aber ehrlich gesagt, kenne ich diese Stadt gar nicht, denn in all den zwölf Jahren, in denen ich nun in diese Stadt reisen durfte, habe ich nicht mehr als den Weg zwischen dem Büro und den diversen Hotels kennengelernt, in denen ich untergebracht wurde.

Vielleicht fiel hier und da noch eine mehr oder weniger kleine nachbüroliche Puberfahrung ab, wie zum Beispiel an meinem allerersten Abend in dieser Stadt, als ich erwartet hatte, wie es üblich war zu jener Zeit, dass ich mit ein paar eingeborenen Kollegen abends weggehe, sich meiner allerdings keiner annehmen wollte und ich deswegen nach all den Meetings und dem Nacharbeiten der liegengebliebenen Aufgaben erledigt, verlassen und frustriert zu meinem Hotel zurückkehrte und mich dort motivieren musste, um mir einen Eindruck von dieser vielbesungenen Stadt zu verschaffen. Schon nach kurzer Zeit des durch die Straßen Streifens packten mich die Einsamkeit und eine leichte Frustration und so bog ich zügig in einen Irish Pub ab, in dem eine

Band bereits aufgebaut hatte und ich nun einen unterhaltsamen Abend mit Musik vermutete. Es war allerdings erst 19 Uhr und so meinte ich, in halleschen Kategorien denkend, dass ich die Zeit bis zum Anfang des Auftritts mit ein paar Guinness überbrücken könnte, was auch mein wachsendes Hungergefühl stillen würde und bestellte mir erst eins und dann ein zweites großes Glas Guinness. Ich übte mich im Langsamtrinken, da so ein Glas einfach mal doppelt so viel wie in der Heimat kostet und schon war es um neun. Doch von der Band war noch nichts zu sehen. Meine Einsamkeit wurde jedoch dadurch beendet, dass sich zwei irische Seebären mit Goldketten um Hälse und Handgelenke zu mir an den Tisch setzten. Beide waren von Wind und Wetter gegerbt und Mitte bis Ende Fünfzig und fingen mit mir sofort ein recht interessantes Gespräch über Gott und die Welt an, wobei Hitler natürlich auch nicht fehlen durfte. Sie sprangen ab und zu unvermittelt auf, strafften sich, reckten sehr professionell ihren Arm aus und schwankten durch den Alkohol einerseits körperlich und andererseits mental zwischen » der Typ hatte richtig Eier, nur leider die ganze Welt gegen sich « und » was für ein Spinner, ein Wahnsinniger, alle Deutschen sind doch so «. Ich nahm das als klassische Amsterdamer Unterhaltung und so konnten wir alle herzlich lachen, wobei sich unserem Trio immer mal wieder ein Eingeborener anschloss und kurz darauf wie reifes Obst vom Baum auch wieder von unserer Unterhaltung abfiel. Der Abend schritt fort und ein Guinness jagte das nächste. Die beiden wurden zunehmend unkontrollierter in ihren Bewegungen und mit ihrer Zunge und so wurde es für mich immer lustiger … bis ich kurz nach Mitternacht feststellen musste, dass die beiden sich stritten. Ich verstand nicht warum sie diese Unstimmigkeiten hatten, da sie undeutlich ihren irischen Akzent sprachen, in dem ich zu jener Zeit noch keinerlei Übung hatte und da die beiden immer mal vor die

Tür verschwanden, um dort eine Zigarette zu rauchen und womöglich etwas zu besprechen.

Nebenbei bemerkt war mir damals das Rauchverbot in holländischen Kneipen noch nicht bekannt und so grübelte ich die ganze Zeit darüber, was mir denn so ungemütlich in diesem Pub vorkam abgesehen von dem Fakt, dass die Gäste regelmäßig wie angestochen aufsprangen und den Gang nach draußen frequentierten. Ich finde, dass das Rauchverbot rein gesundheitlich und kleidungstechnisch sicherlich sehr gut ist und genieße diese Vorteile in den meisten Lokalitäten, aber in manchen gastronomischen Einrichtungen wie zum Beispiel einem Irish Pub zerstört es die Gemütlichkeit, bringt Unruhe und raubt dem Guinness das Aroma. Ich merke, ich verliere mich ein wenig. Zurück zu den zwei Iren, die eigentlich auch nur eine Nebenerscheinung dieses Berichts sind.

Sie begannen also Unstimmigkeiten zu haben. Das zeigte sich, indem sie sich, wann immer sie denn vom Rauchen zurückkehrten, darum stritten, wer denn neben mir sitzen durfte und gipfelte gegen zwei Uhr morgens darin, dass sie sich zusammentaten und mich fragten, in welchem Hotel ich denn abgestiegen wäre und wie wir » das nun machen wollten « – ich scheine eine gewisse Anziehungskraft auf Schwule zu haben –, was mich unverzüglich erstarren ließ und dazu bewegte, voll wie ich war sofort meine Rechnung zu begleichen, mich kurz freundlich und sachlich von der Runde zu verabschieden und mich unverzüglich zum Hotel zu begeben, um dort wie tot sofort unumgezogen ins Bett zu fallen und auf meinem Arm unter der Brust liegend einzuschlafen und zweieinhalb Stunden später mit fürchterlichen Brustschmerzen, als hätte mir jemand ununterbrochen auf die Brust geboxt und einem südafrikanischen Steppenbrand in der Kehle aufzuwachen und mich über fast zwei Stunden hinweg wieder meetingfähig zu machen, was mir, an den Gesichtern der Mitmeetenden leicht zu erkennen, nicht gänzlich gelungen war. Nach dieser Nacht hatte ich einen festen Vorsatz: Ich werde nie wieder so viel trinken, weil es zu viel Geld kostet, weil ich mich am nächsten Tag schlecht fühle und weil ich in einem solchen Zustand womöglich doch dem Richtigen zum Opfer fallen könnte. Ich wurde leider wortbrüchig. Aber großartigeres als solche Erfahrungen habe ich bei meinen Amsterdamaufenthalten nicht erleben dürfen und habe dadurch also nicht allzu viel mehr gesehen.

Das wollte ich bei dieser Dienstreise nun endlich ändern, denn es ergab sich, dass ich nun mal mehrere Abende in Folge in Amsterdam verweilen würde, ohne dass auch nur ein Abend bereits verplant war. Dass diese Dienstreise eine kulinarische Odyssee werden würde, wusste ich allerdings anfangs nicht.

Das Gefühl, etwas Gutes gegessen zu haben, ist essentiell für mich, um eine gelungene Reise gehabt zu haben, auch wenn es nur eine Dienstreise ist. Es sollte aber alles andere als eine erquickliche Erfahrung werden. So begab es sich, dass das Desaster schon am ersten Tag begann, als wir mittags erfuhren, dass die Kantine geschlossen war und uns stattdessen im Foyer kostenlos Sandwiches angeboten wurden. Nun, wer holländisches Brot kennt, hält bei einer solchen Botschaft mit Jubelschreien über ein solches Schnäppchen an sich, was sich kurz nach Betreten des Foyers als richtige Entscheidung erwies. Es waren riesige weiße Brötchen, die entweder zwei Scheiben Gouda, zwei Scheiben Putenbrust oder zwei Scheiben eines Irgendetwas, dass man nicht erkennen konnte, zwischen sich begraben hielten. Ich ergriff zwei solcher Brötchen, eins mit Gouda und eins mit Putenbrust. Ich erwartete nichts und selbst das wurde nicht erfüllt. Ich biß in das erste, das sich bereits beim

Anfassen vor Schreck zusammen zog und sich platt wie ein Soldat, der vom Feind nicht gesehen werden will, auf den Käse legte und schmeckte … nichts. Nichts. So sehr ich den pappigen Brei mit der Zunge rieb und gegen meinen Gaumen drückte, ich schmeckte einfach nichts. Nun dachte ich mir, es soll ja nicht schmecken sondern satt machen, also tat ich einen zweiten Biss und die ganze mittlerweile platte Scheibe war verzehrt. Es erübrigt sich zu berichten, dass die nach Wasser schmeckenden Käsescheiben ohne Verwendung weiterer Zutaten zwischen die Brötchenhälften geklemmt wurden und beide Brötchen zu einem fünfzehnminütigen Blutzuckerschub und einer auf den Fuß folgenden sich über den ganzen Nachmittag erstreckenden Talsohle führten. Das war der Auftakt zu einer unheilvollen gastronomischen Erfahrung.

Als ich dann abends endlich meine Freiheit wiedererlangte, starb ich förmlich vor Hunger und schlechter Laune, was dazu führte, dass ich beim erstbesten Tourisnack- und -klimbimshop einen Schokoriegel zur Stimulation der Geschmacksnerven und einen Müsliriegel, der sich als Honig-Zucker-Nuss-Flocken-Klumpen erwies, der nur nach Staub schmeckte, erwarb und natürlich unverzüglich verzehrte, was mich tief betrübte, da ich so meinen Diätplan bereits nach wenigen Stunden Amsterdam vergewaltigt sah. Frustriert von diesen beiden Ausfällen meiner Kontrollmechanismen beschloss ich unverzüglich zum Hotel zurückzukehren, mich meines Gepäckes zu entledigen, meinen Hunger und meine unverständliche Gier nach etwas Gutschmeckendem durch Bewegung zu unterdrücken, indem ich an diesem sonnigen und warmen Frühlingstag durch die belebten Straßen Amsterdams ziehe und, falls ich an einem angenehmen Freisitz vorbeikomme, mich eines Platzes dort zu bemächtigen und etwas zufriedenstellendes zu essen und zu trinken zu bestellen. Als ich aber untröstlich und trostlos allein durch die Straßen streifte und meinen Blick auf Häuser und Fluchten zu richten versuchte, merkte ich, dass das alles wenig Spaß macht, wenn man allein ist und dazu auch noch hungrig. Abgesehen davon sind die Amsterdamer und alle anderen Stadtbesucher unverständlicherweise auch darauf erpicht, nach dem langen, grauen, trüben, regnerischen Winter die ersten Schönwettertage im Freien zu verbringen, sodass an das Finden eines freien Platzes im Rahmen einer Gastronomie nicht zu denken war. Nach einer Weile ging es nicht mehr. Ich war wütend auf mich, wie ich so rückgratlos sein konnte und dass ich die Zeit nicht zu nutzen in der Lage war. Schlussendlich beschloss ich mir doch wieder ein frisches Falafelsandwich bei meinem Stammladen einzuverleiben. Aber da ich nun schon zwei Fehlgriffe getan hatte, würde ich nur die kleine Ausgabe wählen und auch mit Hummus und Tahinesoße sparen, was ein fataler Fehler war, da mein Hunger nun noch um ein vielfaches angestachelt war. Ich war einfach nicht befriedigt. Und ich suchte nun wie ein blutrünstiger Jäger im amsterdamer Gastronomiedschungel nach günstiger, schneller Beute für die Befriedigung meiner urmenschlichen Bedürfnisse. Mit wässrigen, roten, wütenden Augen verwarf ich den Gedanken eine weitere Falafel für einen solch unverschämten Preis zu holen und außerdem ginge das nicht – das sind einfach zu viele Kohlenhydrate. Stattdessen erblickte ich nach einigem Herumstreunen eine Werbung im Burger King Fenster: neun Chicken Nuggets mit einer Soße für nur einsfünzig. Eiweiß! Das ist es, was ich jetzt brauche! Ich erspähte die Beute und schlug zu. Indem ich bezahlte, spürte ich schon, dass das der nächste Fehler war. Als ich dann die Gummibälle bekam, erkannte ich, dass ich eine verlorene Seele bin, denn ich zögerte nicht die Verpackung zu öffnen und diese kunstlos zusammengeklebten kunststoffgleichen Hühnerreste in einfalls- und geschmackloser Panade in die nach Zucker schmeckende »Currysoße«

zu stippen und zu essen. Ein Déja Vu. Es schmeckte nach nichts … außer schwach nach Zucker. Ich hatte die Nase voll und ging nun zu meiner Stammkneipe, in der ich meiner Einsamkeit und den Fehltritten an Genüssen ein jähes Ende bereiten könnte und bestellte mir ein Bier. Dass ich nun hier mit meiner miesen Stimmung keine Gesprächspartner finden konnte, überraschte mich nicht. Nach dem dritten Bier zog ich nun auch von hier wie ein geprügelter Hund mit eingezogenem Schwanz in Richtung Hotel ab, bis ich an einem gut frequentierten Supermarkt vorbeikam. Mich überkam der Gedanke, für wenig Geld hier eine Kleinigkeit zufriedenstellendes Süßes zu erstehen. Also zog ich die Hallen dieses Albert Hein-Supermarktes ein, um mich dort inspirieren zu lassen. Ich fand ein top Angebot: Sechs Donuts für einsfünfzig. Ich dachte mir, da kann man nichts falsch machen. Auch wenn sie nicht die volle Größe hatten, fand ich, dass sechs aber ein bisschen viel sein könnten und so beschloss ich, dass einsfünfzig für drei auch noch günstig seien und dass ich einfach die Schachtel mit den übrigen drei entweder jemandem schenken oder wegwerfen würde, was Verschwendung und damit eine Schande wäre. Also kaufte ich die Schachtel, denn der Plan und Vorsatz waren gemacht. Aber ich irrte mich, denn ehe ich mich versah, waren die ersten drei bereits eingeatmet und der unbändige Zwang nichts wegwerfen zu wollen war schon in normalem Zustand kaum zu unterdrücken, in diesem Ausnahmezustand jedoch unüberwindbar und schwups waren die restlichen drei in meinem Ausguss von Hals verschwunden – alles begleitet von diesen unendlichen Qualen, wie sie ein Tierfreund erleidet, wenn er gezwungenermaßen ein hilfloses Reh aufs Übelste peinigt. Ich lief schnellsten Schrittes zum Hotel, damit ich ja nicht auf eine weitere Dummheit käme. Im Hotel angekommen, frustriert wie ich war und mit Bauchschmerzen denen eines Blähbauchs gleichend und

sauren Geysiren Richtung Gaumenzäpfchen stoßend legte ich mich fett einem Feudalherren gleich auf mein Bett, ergriff, um die aufsteigenden Säurefluten zu besänftigen, meinen kleinen mitgebrachten Flachmann mit dem Norddorfer Schnaps und die Fernbedienung für den Fernseher und begann Fraueneisstockschießen auf Eurosport zu gucken, von zwei männlichen Kommentatoren akustisch mit kuriosen Formulierungen ummalt, wie zum Beispiel: »Starke Wischarbeit« – besonders absurd, wenn man bedenkt, dass hier zwei Männer irgendwo faul im Raum sitzen und Frauen bei der knochenharten Arbeit auf dem Eis zugucken und wahrscheinlich dabei noch ein leckeres Bierchen nippen. Es erübrigt sich zu erwähnen, dass ich eine geraume Zeit benötigte, um einzuschlafen und auch eine bewegte Nacht hatte.

Der nächste Tag sollte ganz anders werden, da ich mir vornahm, denselben Fehler nicht noch einmal zu machen. Noch vor dem Frühstück ging ich zur Rezeption, ließ mir eine Amsterdamkarte geben und mir zeigen, welche Viertel ich ohne kulinarische Gefährdung ansteuern und dabei auch noch ein bisschen andere Seiten als das ewige Rotlichtviertel sehen könnte. Die Dame verwies mich gleich auf ein Viertel, das gar nicht so weit weg von meinem Hotel war. Wer konnte wissen, dass das Glück so nah sei. Mittags fiel es leicht, den Fehler vom Vortag nicht zu wiederholen, da die Kantine wieder geöffnet war und mir aus der Ecke für exotische Gerichte ein leckerer Paelladuft entgegenwehte, dem ich auch unverzüglich folgte. Kein Fehltritt. Ha, ich wusste, heute würde es besser werden.

Aber ich wurde eines Besseren belehrt, auch wenn der Rückweg zum Hotel für mich ungefährlich verlief. Nachdem ich mein Zeug auf dem Zimmer abgelegt hatte, zog ich sofort los, um die mir neuen Viertel zu erkunden und musste bald feststellen, dass die Dame an der Rezeption die Frage nach weniger touristischen Gegenden vielleicht deutscher verstanden hatte, als ich ihn zum Ausdruck bringen wollte, sodass ich bald gar nichts attraktives, geschweige denn eine annehmbare gastronomische Einrichtung finden konnte. Eine Weile lang war ich offen und optimistisch, aber der Hunger kam dennoch und die Attraktionen blieben aus. Es herrschte eine etwas verlassene Atmosphäre. Ich schlug nicht gleich den Rückweg ein, aber kehrte doch wieder ein bisschen in die Richtung zurück, in der ich touristischeres vermutete. Nach einigen Straßenzügen fand ich mich in einer annehmbaren Gegend wieder. Nur fehlte es immer noch an einer Lokalität und mein Magen zeigte mir klar und deutlich, dass ein Refill dringend nötig war. Plötzlich erblickte ich eine kleine Kneipe, die sogar gar nicht so übel aussah, wenn sie auch nicht das war, was ich mir vorstellte. Ich ging an ihr vorbei, um noch schnell zu prüfen, ob sich nicht etwas besseres in Sichtweite befand. Fehlanzeige. Ich kehrte also um, um mir dort ein Bierchen und einen Snack im Wert von zehn Euro zu bestellen in der Hoffnung, dass dieser Preis sich irgendwie im Volumen und damit auch im Sättigungsgrad bemerkbar machen würde. Auch hier Fehlanzeige.

Ich erhielt fünf kleine Happen irgendwelcher nichtidentifizierbarer, mit » Fleisch « gefüllten Pastarollen. Sie waren in Kürze eingeatmet und hatten natürlich keinerlei Eindruck auf meinen Magen gemacht, wenn auch der Geschmack … nun ja, spürbar war. Ich meinte, dass ein zweites Bier hier keine Erfüllung bringen würde und beschloss, dass wenn ich erst einmal ein paar Schritte tätigen würde, die zehn Euro ihre Sättigungswirkung zeigen würden. Wieder Fehlanzeige.

Kaum dass ich um die nächste Ecke bog, erkannte ich meinen irreversiblen Fehler. Das Gebiet, das die Rezeptionistin meinte, begann erst hier. Und schon schlug der Magen Alarm. In der Meinung, zu stolz zu sein, versuchte ich jetzt keinesfalls schwach zu werden. Ich ging an all den einladend und auch nicht allzu touristisch aussehenden Lokalitäten vorbei, während ich natürlich immer gierige Blicke durch die Scheiben warf. Jetzt noch 25 EUR auf das schon aus dem Fenster geworfene Geld zu legen, um dann einsam an einem Tisch zu sitzen und in erbarmungswürdiger Haltung meine Speise zu mir zu nehmen, erschien mir völlig absurd, bis ich ein spazierendes Pärchen sah, das gerade Hamburger aß. Das wiederum erschien mir in diesem geistigen Notstand sehr logisch. Jetzt noch zum Sättigen einen Hamburger, das sollte gehen. Bei einem Hamburger kann man ja grundsätzlich nichts falsch machen. Also hielt ich Ausschau, wo diese Hamburger denn herkommen könnten. Nach kurzer Zeit erblickte ich den einzigen billig aussehenden Imbiss zwischen all den guten und geschmackvollen Lokalitäten – einen Kebabimbiss, der auch Hamburger anbot. Eine solche Lokalität – wer mich kennt, weiß dass ich nicht lüge – gehört nicht einmal auf die letzten Plätze meines Gastroportfolios. Aber hier schien alles möglich – Amsterdam, die Stadt der unbeschränkten Möglichkeiten.

Ich steuerte auf den grell hellgelb erleuchteten Imbiss zu. Ohne weiteres Überlegen über die Leere, die im Geschäft gähnte, ging ich zur Theke und bestellte mir einen Hamburger. Der Pakistani hinter der Theke fragte mich, ob ich Käse oder lieber keinen Käse haben wolle. Ich dachte an das Eiweiß, dass zu meiner Low-Carb-Diät gehört und bestellte mit Käse. Plötzlich war es also schon ein Cheeseburger und kostete einen Euro mehr. Als ich sah, wie der Mann das vorgeformte Hackfleischplätzchen aus der Auslage nahm, es aus der Frischhaltefolie wickelte, auf eine vor Fett triefende Bratfläche legte, eine Scheiblette auswickelte und auf das noch rohe Fleisch klatschte, wusste ich, dass ich mein Geld besonders fragwürdig anlegen würde. Wenige Sekunden später durchdrang ein fürchterlicher Bandgeruch, eine

Mischung aus altem angebranntem Fett und brennendem verdorrtem Fleisch den Raum. Ich dachte mir, so wie das hier aussieht, wird es beim Fleisch, Brötchen und der Sohle aus Gummiledergemisch getarnt als Käse bleiben und versuchte mir einen Plan zurechtzulegen, wie ich dem Ganzen noch etwas frisches, gesundes hinzufügen konnte, bis ich an der Theke für die Gäste zugänglich eine Reihe Blechbehälter hängen sah. Ich schloss daraus, dass man sich hier sein Grünzeug selber auf die Gerichte mischte, wobei ich vollkommen richtig lag, denn als ich meinen Burger voller Stolz überreicht bekommen hatte, schlenderte ich gleich hinüber zu den Behältern. Diese enthielten allerdings nur noch in ihren eigenen Safttümpeln schwimmende Reste von Pickles, Zwiebeln, Tomaten usw., was normalerweise meine Alarmglocken schrillen lassen sollte – wie lange liegen die denn da, wenn der Laden zur Hauptbesuchszeit leer ist und wie hoch wird wohl die Salmonellenpopulation in diesen Gefilden sein – doch mein Gehirn ward besiegt und so fischte ich mir die wenigen noch halbwegs ansehnlichen Teile aus den unappetitlichen Behältern, stapelte sie weitestgehend auf das mit geschmolzener Plastikscheibe belegte und mit Bratbrandresten behaftete Fleisch und bildete mir nun ein, ein halbwegs ausgewogenes Essen zu mir zu nehmen. Ich setzte mich hin und biss herzhaft in die Komposition. Ich stockte kurz, als ich den nicht vertrauenserweckenden Geschmack wahrnahm. Doch lange hielt diese Verwunderung nicht. Ich war bereits weit über alles nachvollziehbare Rationale hinaus, was man einer solchen Situation anbringen würde. Blutrünstig aß ich das Ding auf. Unzufriedener als zuvor ging ich schnellstens aus dem Geschäft. Ich erhöhte meine Schrittfrequenz, als wolle ich schnellstmöglich vom Tatort fliehen und meine Tat nicht wahr werden lassen und um nicht in eine weitere Versuchung zu gelangen.

Aber die Unzufriedenheit besiegte meinen Geist, sodass ich bei Erreichen des Albert Hein-Supermarktes sofort wieder den Gedanken hatte, mir etwas Schmackhaftes zum Besänftigen meiner Geschmacksnerven zu besorgen. › Aber dieses Mal werden es nicht wieder Donuts, die Magenkrämpfe kann ich mir einfach nicht zwei Nächte in Folge leisten. ‹ Ich streifte durch die Gänge des Supermarktes und erblickte ... Brownies. Eine Schachtel mit drei Brownies. Wer schon mal richtige Brownies gegessen hat, weiß, dass drei Brownies zu viel sind, selbst wenn man noch nicht gegessen hat. Ich beschloss also, mir die Schachtel für den Preis von einem unschlagbaren Euro zu holen, einen Brownie zu essen und die anderen beiden den zwei Obdachlosen vor dem Laden zu schenken. Gesagt, fast getan. Denn nach dem Verlassen des Geschäftes stellten sich die beiden vermeintlichen Penner als in fettige Trenchcoats gekleidete Touristen heraus. Ich machte also wenige Meter vor ihnen eine Vollbremsung und drehte bei. Planänderung. Ich gehe nicht in die Details zu den Gedanken, die ich darüber hegte, wie ich mich der beiden überflüssigen Brownies entledigen wollte und kürze stattdessen ab. Nachdem ich den dritten Brownie samt Schale wütend über mich selber, dass ich doch eine so schwache Natur habe, kurzerhand in einen schwer zugänglichen Mülleimer warf, den ich, weil ich Angst hatte ich könnte umkehren und die Schachtel doch wieder herausfischen und auch den letzten Brownie essen, bewusst so ausgewählt hatte, dass man nicht in ihn hinein greifen konnte, ging ich mit einer inneren Müllhalde aus Snacks und Gerichten, gekrönt von zwei heftig schweren Brownies zurück ins Hotelzimmer, wo ich mit den Nerven so fertig war, dass ich hätte weinen können, wenn da nicht noch der kleine Flachmann mit Norddorfer Schnaps gewesen wäre, mit dem ich das fiese Brennen in der Speiseröhre bekämpfen konnte. Die Nacht war ähnlich schlimm wie die vorhergehende.

Ich stehe mit dieser Stadt auf Kriegsfuß, was das Essen angeht. Ich hatte bei Alleingängen immer Fehltritte erfahren müssen, bis auf meinen Stammfalafelladen. Ich weiß nicht, aber irgendetwas, sei es die holländische Sprache oder einfach der in allen Straßen hängende Geruch gerauchten Grases, treibt mich dazu, die offensichtlichsten Warnungen zu ignorieren.

Am letzten Tag machte mir Amsterdam ein Friedensangebot. Nachdem ich mit meinem Team ein Afterworkbier trinken war, bei dem mir mein Manager lachend erklärte, welche Fehler ich bei der Suche nach jenem Viertel gemacht hatte, schlug er mir nun einen alternativen Rückweg vor, bei dem ich sicher durch jenes Viertel kommen würde, wobei ich dann endlich für all die erlittene Pein der letzten Tage mit einem vernünftigen Essen in gepflegter Lokalität besänftigt wurde. Als krönenden Abschluss wollte ich mich noch mit etwas Süßem verwöhnen und erspähte in der kleinen Kuchenvitrine hausgemachte Pralinen, von denen ich mir gleich sechs an den Tisch kommen ließ. Auf die Frage, ob ich dazu einen Kaffee möchte, lehnte ich ab, bat aber zugleich um ein weiteres Pils und säte damit als kleine Heimzahlung eine geschmackliche Gemeinheit in die Niederlanden. Der Kellner meinte sich verhört zu haben und versicherte sich, ob es sich nicht um ein Versehen bei meiner Bestellung handelte, während er kokett seine Arme in seine in Rührung schrägstehenden Hüften stütze. Ich meinte, er solle das ruhig probieren, es schmecke bedeutend besser als man denke. Er merkte an, dass das doch eine sehr eigenwillige Komposition wäre, Schokolade und ein Bier … Ich meinte, viel eigenwilliger als die mir am Ankunftsabend ausgehändigten mit Litern von Mayonnaise gefluteten Fritten wäre das nicht, sondern ganz im Gegenteil, es wäre eine erfrischende Kombination und bot ihm an, bei mir zu kosten. Auch wenn er Interesse heuchelte, zeigte er gesunde Skepsis. Mir ließ ich es aber schmecken und feierte einen kleinen kulinarischen Sieg über die Kriegsansage Amsterdams an mich.

Prost Amsterdam, ich gebe nicht auf! Ich komme wieder.

Notizen

———————//———————

Auf den folgenden Seiten gewähre ich Raum und Möglichkeit für Notizen zu Gedanken, die während des Lesens aufkamen oder, falls selbst BahnfahrerIn oder BeobachterIn anderer oder der eigenen Person, zu eigenen Erlebnissen, womöglich während des Lesens auf der Bahn, auf dem Klo oder im Stau auf der Autobahn.

....

....

....

....

....

....

....

....